どどろき狐

お婆の囲炉裏ばなし　第五編　全30話

平居一郎　著

もくじ

※本文中、現在では不適切とされる文言や、史実と異なる描写もありますが、本書の趣旨を鑑みそのままとしました。なお、方言をわかりやすくするため、例えば「捨《ふ》てる」「帰《い》ぬ」など作者の判断で、従来の読みとルビがちがう場合があります。また、古文書や、他の書籍等から、そのまま文を引用した場合は、原文どおりでルビや句読点がない場合があります。

（編集部）

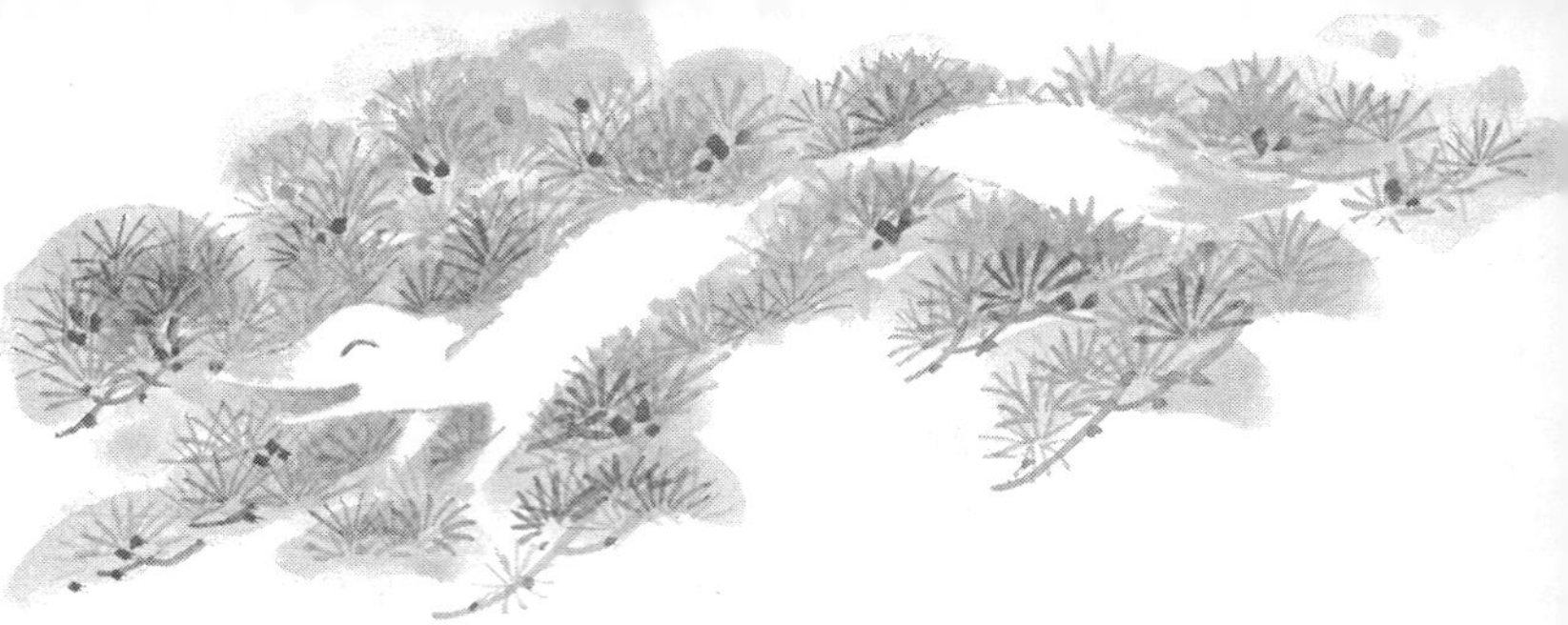

れんじ窓《まど》の外は雪《ゆき》。

「うう、さぶッ！」

「もうちょっと、こっちゃへございい。のくといほん。

今日もおもしろーい、ハナシをしたるさかいに、
よーお、聞かいや」

イロリ端《ばた》、お婆《ばあ》とイチロー。

お婆はかたり始めた。

「むかーし、むかーしな…」

イチローは、目を輝《かがや》かせてお婆の話にくいいった。

石川地蔵

ある夏のたそがれ時のこと。

西国霊場三十三ヶ所巡礼[注1]第三十二番札所・繖山《きぬがさやま》観音正寺詣《もう》でを終えた母と子が、今宵の宿泊地をめざして景清《かげきよ》道[注2]を北にむかっていた。母親が連れている子は、八歳くらいの男の子。

「明日《あした》で満願成就《まんがんじょうじゅ》の谷汲山《たにぐみさん》華厳《けごん》寺やね。今夜は愛知川《えちがわ》宿泊まりやから、日が暮れてしまわんうちに宿に着けるよう、急ごうね」

母と子は白装束《しろしょうぞく》に笈摺《おいずる》を背負い、菅笠《すげがさ》、甲掛《こうかけ》・脚絆《きゃはん》、草鞋《わらじ》姿で東近江五個《ごか》荘《しょう》の石川村に差し掛かった。

この里には霊験あらたかな薬師堂がある。

その御堂《みどう》が建つ森の入り口まで来ると、

「霊験《れいけん》が強いと評判のお薬師さんやから、お参りして行こうね」

母親が子の手をひいた。ところが子は、木々に群れて鳴く蝉《せみ》や、枝葉《えだは》に戯《たわむ》れる虫のおもしろさに誘われたのか、ふと、樫《かし》の古木の前で歩みを止めて、

「あそこに大きなクワガタ虫がおる。お母《か》ぁは、ひとりでお薬師さんにお参りしておくれ。おいらはここで虫と遊んで待っているから、お参りがすんだら迎えにきておくれよ」

そう言ってせがむ子の笑《え》みに、

「おまえもお薬師さんにお参りをしておいたらよいのに。言い出したらきかん子やから、ほんまにしょうがないね」

母は呟《つぶや》きながらも、周囲の様子を窺《うかが》った。幸い、お薬師さんの霊験を慕う村人のご奉公がゆき届いており、御堂を囲む森は荒れておらず、木々のすき間も見晴らしがよい。御堂まで参道が一直線に通じていて、さほど距離もない。子どもの様子に注意を怠らなければ、遊ばせておいても大事はなかろうと、

「ほんなら、急いでお参りをしてくるから遠くへ行ったらあかんよ。それに、この森はお薬師さんがいやはる神聖《しんせい》なところやから、虫と遊ぶのはよいが、けっしていじめたり、殺生したりしたらあかんのよ。バチが当たるよってな」

「わかったよ、お母ぁ」

子は元気な声で返事をする。

母親は周囲に注意をおこたらぬよう、足早に御堂へ向かった。やがて母親は、とどこおりなく参拝をすませ、再び足を急《せ》かせて子が待つ森の入り口、樫の古木の前まで戻って来た。

ところが、子の様子がどうもおかしい。

「お母ぁ、あ、足《あし》が……」

先ほどまで笑みを膨らませて元気にクワガタ虫と戯れていたのに、目の前のわが子は、泣きべそ顔で樫の古木の前で突っ立っている。

「どないしたんや？　虫にでも刺されたのかい？　どこか体の具合でもようないのかい？」

と、母親は尋ねた。

すると、子は、

「お母ぁ、足が動かへんのや。ほれ、木の根っ子みたいに地面《じべた》に足が吸いついて、とれへんのや」

しかめっ面で左右の足を地面から持ち上げようとする。だが、子の膝頭《ひざがしら》が少し動くだけで草履《ぞうり》ともどもに、足の裏が地面に吸いついてしまったのか、いっこうに持ちあがらない。

母親が子の膝下に両手を添えて左右の足をかわるがわる持ち上げても、それは同じこと。しかも、「草履を脱ぎなさい」と指示し、脱がそうとしたが、結び目も草履の底も、子の足にしっかり吸いついてビクともしない。そればかりか、子の両足首から下が、石のように固くなっているではないか。

「うえッ！」と、母親は仰天し、もう一度子の足に手を添えてみたが、どうにもならん。もはや誰かに助けを求めるよりほかに、手だてがない。

「お母ぁは近くの村へ行って、誰《だれ》ぞに助けてもらえるように頼んでくるさかいに、そのあいだ、辛抱《しんぼう》して待っているんだよ」

子は、ぷっ、と口元を膨らませると、泣きべそ顔で「うん」と答えた。

「急いで帰《もん》てくるからね」

母親は子に告げ、近くの村をめざして走った。

その頃、鍬《くわ》を担《かつ》いだ村の男が三人、

「エエかげんに夕立でも降ってくれんもんかいな」

「まったくや。どうやらカミナリさんも、どこぞへ、里帰りしてやはるのやろう」

「困ったこちゃな。もうふた月《つき》も雨らしい雨が降っておらん。こうも毎日、隣《となり》村《むら》とカエルの小便ほどの水を取りあわならんとは、まったく情《なさ》けないことや」

今年は例年になく、旱魃《ひでり》続き。織山の上空には、ひとひらの雲さえない。農家にとって水は命の次に大切なもの。川の水が枯れはじめると、隣村と水の取りあいになる。川堰《かわぜき》を破《やぶ》った破らないの争いで、ときには死人が出るような大きな事件になることさえあった。真夜中であっても、水番をしないと川堰が破られて水を抜き取られてしまうのだ。そこで、今宵この三人は、村の川筋で水番をする男たちだった。

「今夜も寝ずの水番じゃ。ほの(その)前に、一日も早う慈雨《あめ》に恵まれますように、お薬師さんにおすがりしょやまいかい（しようじゃないか）」

「霊験あらたかなお薬師さんや。きっと望みをかなえてくだはるにちがいないほん」

水番の男たちは村の薬師堂に立ち寄ることにした。すると、むこうから、

「もうし、もうし……」

お遍路姿の女がひとり、息せき切って駆け寄って来た。

「どないしやはったんやいな（どうされたのか）？」

男たちが尋ねるなり、女は、ペタッ、とその場にひれ伏した。そして、

「こ、子どもが……、お助けくだはりませぬか！」

と頼み込む。

その様子は、尋常でない。

「わ、わたしがお薬師さんにお参りをしている間《ま》に、息子の足が石のように固くなってしもうて……」

母親は必死に救いを請う。

「なんやてぇ、足が石になったんやてかい！」

「ほんな、アホな！」

「まぁ、ともかく、行ってみよう。わしらも丁度、お薬師さんへお参りしようと思うていたとこや」

母親の先導で水番の男たちは、薬師堂の森へ急いだ。ところが、ハァハァと息を弾ませて樫の古木の前まで来たまでは良かったが、子どもの姿がない。そこには一体の石地蔵《いしじぞう》が立っているだけだった。

「あれーぇ、子が！」

母親は、その場にヘナヘナと崩れ落ちた。

水番の男たちは事情がよくのみ込めず、ポカーンと口を開けていたが、母親が泣きながら事の次第を語ったので、ようやく理解することができた。

「このお地蔵さんは、おそらく、その子の化身じゃないのかい」

「ふしぎなことじゃが、ほうかもしれん」

「きっと、ほうにちがいない」

男たちは、そう言いあった。そして、ふと、その地蔵の足元を見ると、地面から水が滲《にじ》みでているではないか！

「こんな日照りやというのに、なんでこんな所から水が……？」

この不思議な現象に目を凝らしていると、そこから水がこんこんと湧きだしてきた。

「ひゃーあ、水じゃ。水じゃ！」

水番の男たちは飛びあがって大喜びした。が、ふと、さきほどの母親のことが頭をかすめて、振り向くと、その姿が、忽然と消え失せていた。

「これはきっと、この旱魃を見かねて、お薬師さんがこのお地蔵さんを村にさしむけてくだはったにちがいない」

「ほうにちがいない」

「ほうにちがいない」

やがて溢れた水は川になり、「泉川」と呼ばれて生活用水や田養水として村を潤した。そしてこの地蔵は、「石川の泉地蔵」と呼ばれるようになり、「村でだいじにお守りしていこう」と、そこに地蔵堂を建てお祀りをした。

この地蔵堂は今に、「後地蔵堂」と呼び伝えられている。

注1・西国霊場三十三ヶ所巡礼

養老二年（七一八）に大和長谷寺の徳道上人が悩める人を救う為に当時の都に近い近畿地方の寺々の中に三十三ヶ所の霊場を設け、宝印を中山寺（西国霊場第二十四番札所）に埋められた。それから二百七十年後の永延二年、花山法皇がその宝印を掘り出して熊野那智山（青岸渡寺）より美濃の谷汲山（華厳寺）まで、白装束に笈摺を背負い菅笠、脚絆、甲掛に草鞋姿で巡礼なされたのが、由来と伝えられている。

注2・景清道

五個荘のほぼ中央を南北に走る古道。平安末期の寿永二年（一一八三）、源平の争乱、屋島の戦いや壇の浦の戦いで勇将ぶりを発揮した平家の落人・悪七兵衛景清が、平氏再興祈願の為、尾張から京の清水寺参詣のために通った道といわれる。一説には通行の取調べが厳しい時代、関所のある公道を避けて、ひそかに通る「陰道」・「かげ京道」が転音化したとする説もある。

アケズの門

歩くことが交通機関の中心だった時代、大きな街道にはいろいろと興味深いむかし話が残っている。

中山道に面する東近江小幡《おばた》村の善住《ぜんじゅう》寺は往古、聖徳太子が諸国に四十八ヶ寺を建立されたとき、お立ち寄りになられたという旧跡で、本尊の阿弥陀如来は聖徳太子作の金銅仏と伝えられ、今に秘仏とされている。のちに菅原道真公も、この本尊の霊験にうたれて阿弥陀如来を造られ、安置されたという。

いつの頃からかこの善住寺に、中山道に面する参道から境内に至るまでは、「霊験あらたかな御仏《みほとけ》をおまつりする聖域やから、馬や駕籠《かご》に乗る者は必ず、礼節を心得て降りて通りすぎるように」という決まりができていた。

村人も旅人たちも、仏のご慈悲で便利に街道を通行させてもらっているのだからと、その決まりをよく守っていた。また、仏も行儀の良い人々の往来をよく見守り、長い間、寺の近辺では事故や争いなどが、一切なかった。

ところが、そんなある日のこと。

馬子《まご》をけしかけながら小幡村へ入ってくる、ふたり連れの旅人がいた。ずいぶん荒くたい旅人たちで、瓢箪《ひょうたん》に仕込んだ酒をあおっては旅の恥はかき捨とばかりに、往来する若い女たちにちょっかいをだしたり、街道に人々が居るなしにかかわらず、馬の腹を蹴っては走らせ、慌てて追いかけてくる馬子をしりめに、馬の背にふんぞり返って笑いをふらせていた。

ヒィヒィーと息を切らせて馬に追いついた馬子の仙吉《せんきち》が、

「だッ、旦那《だんな》さん、頼みますから、もうちょっとおとなしゅうに乗ってやってもらえまへんやろか。馬が暴れて大事になってからでは、どもなりまへんさかいにな」

と苦言《くげん》を口にすると、馬の背にまたがった荒くたいふたりの旅人は、酒に染まった赤ら顔をつきだして、

「ふん、客に説教をしくさる。色をつけて駄賃《だちん》を払うてやっているのに、文句をぬかすないッ」

と怒鳴りつけて、ドン！ と仙吉の右肩を足蹴《あしげ》りした。仙吉はよろよろと、

田の畦《あぜ》までよろけた。口惜《くちお》しくて歯噛《はが》みするが、相手は先銭《さきぜに》を払って馬の背にまたがる客である。

「くそッ、しんぼうじゃ、辛抱じゃ」

仙吉は小声で自分に言い聞かせながら、馬の手綱を操《あやつ》った。そうこうする内に、もうひとりの連れの客を馬の背に乗せた丑松《うしまつ》が、これもまた、客のごたくにヘキエキしながら、やっとの思いで仙吉に追いついてきた。

するとその客が、「しばし止まれ!」と、命令した。

「どうされました?」

と、丑松が聞くとすぐに、「小便じゃ」と言って、その客は馬から飛び降りた。仙吉の客も馬の背から飛び降りて、二人並んで道端《みちばた》で放尿をしはじめた。

丑松と仙吉は馬の手綱をめいっぱいに伸ばして二人の客から離れ、

「仙吉やい、駄賃をぎょうさんはずんでくれたのはエエ(良い)が、こないな按配《あんばい》になってしもうた。どうもこの客らは、素性の知れない浪人のようや。どこぞで悪さをして、お宝(お金)にありついたにきまっとる。このまま乗せとったら、どんな難儀に合うか知れたもんやない。ひょっとしたら次の駅に近づいた時、人気のないところをみはからって二本差しでわしらをバッサリやって、稼いだ駄賃をかっさらいよるのとちがうやろかい」

と、丑松が仙吉の耳元でささやいた。

「ほんまや」と、仙吉はブルッと身震いした。

すると、丑松が良い策を口にした。

「あと、もうちょっとで善住寺の参道前に着く。あそこでは、みんな下馬して、参道前を通らしてもらわなならん。ほのとき、あんじょう口にまかせて、他の馬子の馬に乗り換えてもらおやないかい。そこからの乗り継ぎの駄賃は、わしらが出したら客らも文句はないやろうし」

「ほんに、ほら良い考えや。あの客らからもろた駄賃は、十分すぎるほどやし、そこから乗り継ぎ代を払うても、へへへェ、まだ、手元にだいぶ残りよるわ」

「ほうしよう（そうしよう）、ほうしよう」

丑松と仙吉は、放尿を済ませたふたりの客をふたたび馬の背にのせると、中山道を善住寺の参道前へ足をはやめた。

ここは善住寺の参道の手前、仙吉と丑松が作戦通り、「どう、どう」と馬の手綱をしぼって、馬の行く足をとめた。するとたちまち、荒くれ客の怒声がふってきた。

「こらッ、誰がこんな所で止まれと言うたか。サッサと進ませッ」

「へ、へい。ちょっと困ったことが起こりましてな。馬が足の蹄《ひづめ》をいためまして痛がりま……」

とまで、仙吉が言いかけた時だった。

「おい！　あれは何をしておるのか？」

丑松の客が指さす先を見ると、ちょうど今、他の馬子たちが善住寺の参道前で馬の背から客を降ろしているところであった。

「あそこは善住寺さんの門前です。時を急ぐ者もみな、ああして、下馬して御《み》仏《ほとけ》に一礼してから通りすぎる習わしになっております」

と、丑松が説明した。だが、

「そんな習わしなんぞ知ったことかい。駄賃はちゃんと払うておろうがッ、わしらは降りんぞ」

仙吉の客が目を怒らせて怒鳴り声をあげる。

仙吉があわててもう一度、

「ここは仏さんがいやはる聖域です。昔から山門が開いております明け六つ（午前五時ごろ）から暮六つ（午後六時ごろ）までは、下馬して通らしてもらうようになっとりますのや」

と説明したが、酔っ払って正気を失っている荒くたい客に通じるはずはない。

「ここは天下の大道《だいどう》ぞ、降りる理由《いわれ》などないわッ。わしらは下馬などせん。わかったか」

客は馬の背で、ふんぞりかえった。

「ほ、ほんなバチあたりな……！」

仙吉と丑松は顔を見合わせ、「早よ、乗り換えてもらわな、どもならん」と呟き合った、その時だった。

「ならば馬でこの参道を駆け抜けて、山門を突っ切り境内に突っ込めば、いかになろうか。のう、御同輩。ひとつ試してみるか、ワッハハー」

仙吉の客が丑松の客にそう言って、大笑いしたかと思うと、

「それッ、進め！」

馬の腹を草履の裏で蹴った。丑松の客もそれに続く。

あっ、という間もなく、仙吉と丑松の引き綱は馬の駆ける勢いに負け、手から奪い取られてしまった。

「あッ、あきまへん！　げ、下馬してくだされ。バ、バチが……」

「当たりますぞ」と、仙吉と丑松が叫びながら客のあとを追ったが、間に合わなかった。ふたりは馬に乗ったまま参道をかけ抜け、山門に飛び込んでしまった。その瞬間、馬がとつぜん悲鳴をあげ、なにか巨大な壁《かべ》にでもぶちあたったかのように後ろ足を跳ねあげ、逆立ちになった。

「あッ！」と、ふたりの客は叫んだが、時すでに遅く、人馬もろともその場に、どてーんと、ひっくり返ってしまった。

「けえッ！　え、えらいこっちゃ！」

　仙吉と丑松は走り寄ったが、すでに、ふたりは人馬もろとも絶命していた。

　善住寺ではこの出来事を無礼者、罰当《ばちあ》たり者とはいえ、衆生済度の仏の本願を違《たが》えてはならぬと、

「懇《ねんご》ろに弔ってやろう」

　ふたりの亡骸《なきがら》を愛知川の簗瀬《やなぜ》の墓地に埋葬した。そして、

「山門を開けているから、このような不祥事が起こったのや。これより後は、山門は開けずにおこう」

善住寺の山門は、がっちりと錠《じょう》がおろされ、閉めきられてしまった。それ以降、村人はこの門を「アケズの門」と呼ぶようになった。そして、寺領地の横に、寺への出入りのため、幅三尺ばかりの小道がつけられた。

新政府になった明治のはじめ、愛知川の官憲が、「なーに、そんなことはなかろう」と、この門を無理やりに開けさせて、馬に乗ったまま、中山道から参道に入り、この門をくぐり抜けた。

その途端、落馬したと言い伝えられている。

現在この「アケズの門」は、寺の奥の墓地の入り口にひっそりと移築されている。

桃割れ頭のブト

ある晩春《ばんしゅん》の午後であった。

遊猟《ゆうりょう》を終えた観音寺城主・佐々木《ささき》高頼《たかより》が供の者と館へ向かっていると、東近江石塚村の野道の向こうで、レンゲを摘んで遊ぶ村の娘と童《わらべ》たちの姿が目に入った。この季節、野に遊ぶ村人の姿はさほど珍しいものではなかったが、

「しばし止まれ！」

高頼は、従者《じゅうしゃ》に命じて駒足《こまあし》を止《と》めさせた。

「如何《いかが》なされました？」

老臣が駒の足を寄せて、高頼に尋ねた。

「あれを、見よ」

高頼は道の向こうの野の光景を指差した。

老臣は目をパチクリさせながらシワ首を突きだした。

「はて？　村の娘や童《わっぱ》たちが……、野摘みを楽しんでおるようですが……」

「そのようなことは、分かっておるわ。あの真ん中で、こちら向きに野花を摘んでおる、ほれ、あの娘を見よ……」

　高頼にせかされ、いま一度、老臣は高頼が指差す方にシワ首を伸ばした。すると、その娘もこちらの様子に気付いてか、その場で一同に声をかけ、みなで丁寧《ていねい》に会釈をした。娘は小袖《こそで》、裳袴《もはかま》に身をつつみ、背は高からず低からず、なで肩で肌清《はだきよ》く、鼻筋とおって切れ長の目に笑みをそえ、唇《くちびる》からは白い歯がこぼれている。束ねた黒髪が陽に映えて風になびく。

「なんと麗《うるわ》しい娘でござりましょうや！　この老いぼれにも、あの娘の美しさがちゃんと見えるほどですから、よほど秀麗《しゅうれい》な娘でございましょう」

　老臣は目を見開いて賛辞《さんじ》を口にした。

「ならば、早々にあの娘の素性や行状を明らかにして、すぐにも館で召し抱えよ」

　高頼は気を高ぶらせて、老臣に命じた。

　その娘は名を「お茶子《ちゃこ》」と言った。石塚村の村長《むらおさ》の娘で、歳は十七。才色兼備と評判の娘だった。そのお茶子のもとへ、観音寺城より老臣と使者が訪れたのは、先の遊猟から数日後のことであった。

「遊猟の道すがら、お茶子どのが、お館さまの目に留まってのぉ。すぐにも我が館で麗花を咲かせてみたいゆえ、館勤《やかたづと》めをさせよとのご所望なのじゃ」

老臣の唐突な言葉に、村長もお茶子も、館勤めの意味がおぼろげですぐには理解できず、戸惑《とまど》うばかり。

それからまた数日が経ち、老臣は二度目の訪問をした。老臣の説明でその勤めの内容に得心がいったのか、村長は老臣との懇談にも花を咲かせた。そのウワサを耳にした村人たちの期待も大きくなり、お茶子の身に注目が集まるようになった。

こうして老臣は、今日、三度目の訪問を果たそうとしていた。

老臣は客間の上座に座り、

「どうじゃな、館勤めの心準備はできましたかな。お館さまは、『すぐにでも』と申されてな、このワシも何かにつけ、気をもむばかりじゃ」

顔のシワに笑みをふくらませながら村長の返事をうながす。すでに、お茶子の娘心もフワフワと夢見ごこちになっている様子だ。

「礼儀作法も知らぬふつつか者ですが、それほどまでに請われまして、娘はまことに幸せ者でございます」

村長は畳に両手をそろえて頭を伏し、お茶子の館勤めを承諾した。

「おおー、これはうれしや！　ならばワシが後見《こうけん》するゆえ、早々に館へあがる準備をなされよ」

老臣はそう申し添えて、いそいそと館に戻って行った。


こうしてお茶子は、館勤めの苦労を知らぬまま、人生の岐路に足を一歩踏みだした。

お茶子の館勤めは当初から、老臣の後見が幸いして行儀見習いから館勤めのイロハまでをすぐに身につけ、思いのほか、順調な日々を送ることができた。

それから二年、お茶子の容姿はますます磨かれ、頭脳明晰《ずのうめいせき》で誰もがうらやむほどの才を発揮するまでに成長していった。

高頼はその成長を待ちかねていたように、

「お茶子、お茶子よ」

と、夜も日も明けぬほど寵愛《ちょうあい》するようになった。

すると、館内の様子が、ガラリ、と一変した。

「あの者は、何さまのつもりじゃッ」

「虫も殺さぬ面《つら》をして、女狐《めぎつね》めがッ」

「お館さまのご寵愛《ちょうあい》をカサにきて、正室さまをないがしろにしておるに。いずれ本性を現したあかつきには、必ず、懲《こ》らしめてやらねば気がすまぬわッ」

館の物陰で嫉妬《しっと》する女房たちのにくにくしげな目と口が、お茶子に向けられる。だがお茶子は気にするそぶりも見せず、充実した日々を送っていた。

そんなある日のこと。館に祝賀の報《しらせ》が飛びかった。

正室が身ごもったのだ。そして、十月十日《とつきとおか》を経て、嫡子《ちゃくし》（長男）を生んだ。待ちに待った世継ぎの誕生である。

高頼の喜びようはひとしお、お茶子への寵愛も滞り勝ちになるほどであった。それによって女房たちの風あたりも和らぎ、お茶子は平穏な日々を送っていた。

ところが、その頃からである。

館にただならぬウワサが立ち始めた。

「お茶子さまが、若君を密殺しようと企《くわだ》てている」

そのウワサは瞬く間に館中に広まり、高頼の耳にも入った。嫡子を愛する親の気持ちは凄まじく、疑心暗鬼におちいった高頼は、激怒した。

「あれほど寵愛してやったのに、嫡子を亡き者にしようと企《たくら》むは、許せぬッ」

お茶子の後見人だった老臣のとりなしにも耳をかさず、高頼は跡継ぎ可愛さのあまり、

「お茶子を観音寺山の谷の岩屋に毒蛇を放って、閉じ込めてしまえッ」

と命じた。

こうなっては、救済する術《すべ》はない。

お茶子は裸同然の腰巻一枚で、谷の岩屋に放り込まれた。食事も与えられず、足や首や胴に巻きつく毒蛇に苦しめられながら、ついに非業の最期を遂げた。それはしとしとと、雨が降る夜のことであった。

お茶子の横死後、夜な夜なその谷に、怨念のこもった女の泣き声がして、山中を亡霊がさまよい、そしてこの谷には大きなブトがすむようになった。そのブトの頭は桃割れの形をしていて、谷に入った人々に、ひどい害を与えるという。これは、お茶子の怨霊がブトに乗り移ったのだといわれてきた。

いつしか村人は、ここを「お茶子谷」と呼び、そこに「お茶子地蔵」を奉っ

た。そして、このあたりの村には美人が多いと噂されていたが、この出来事があってから、

「こんな塩梅《あんばい》じゃ、おちおち、可愛いい娘《こ》は生めんがな」

「まったくじゃ」

可愛いい娘のいる家では、娘を外に出さなくなったという。

一説にはお茶子は、佐々木氏の被官で伊庭城主だった「伊庭貞隆の娘だ」ともいわれ、伊庭貞隆が佐々木氏に反抗して織田信長方についたので、観音寺城に奉公していた娘のお茶子が、「いじめ殺されたのだ」という。

市辺

東近江市市辺《いちのべ》の一角に、今からおよそ千六百年前の古墳《こふん》時代後期に築かれた二基の古墳がある。肩を寄せ合うように東西《とうざい》隣り合って築かれており、東側は高さ三・五メートル、直径十五メートル。西側のは高さ一・九メートル、直径は六、九メートルで、どちらも円墳。今では宮内庁の管理下にあり、古保志塚《こぼしづか》とも呼ばれている。興味深いのはこの両古墳には、往古の王権争《おうけんあらそ》いで命を絶たれた市《いち》辺押磐皇子《のべのおしはのみこ》（市辺皇子《いちのべのおうじ》）と佐伯部売輪仲子《さえきべのうるわなかちこ》の遺骨《いこつ》が、その悲史とともに納められているとされていることだ。現在の町名「市辺」も、この御陵《みはか》に埋葬《まいそう》された皇子に由来《ゆらい》すると言われている。

第二十三代顕宗《けんぞう》天皇の御世《みよ》（四八五～四八七）のこと。密《ひそ》かに、宮中《きゅうちゅう》の一室へ老婆《ろうば》が召しだされた。名は置目老媼《おきめのおうな》と言う。

高座の御簾《みす》の向こうで息をのみ、その置目の話に耳を傾けるのは、顕宗天皇と兄王《あにおう》の億計《をけ》（のちの第二十四代仁賢《じんけん》天皇）である。

老臣下《ろうしんか》が置目に尋ねた。

「市辺押磐皇子さまと従者の佐伯部売輪仲子さまが埋葬《まいそう》されている場所《ところ》を知るというのは、まことか？」

市辺押磐皇子は、顕宗天皇と兄王の億計の父君《ちちぎみ》にあたる。置目は座をただして頭を深く伏し、緊張《きんちょう》のあまりか、体《からだ》を小刻《こきざ》みにふるわせていた。

「はい、さようでございます」

「なれば尋ねるが、その埋葬場所は何処《いずこ》と申すのか？」

「はい、蚊屋野《かやの》にございます」

その地は東近江の来田綿《くたわた》にあり、宮廷代々の御料地《ごりょうち》であった。

老臣下は、事が重大なだけに尚、慎重《しんちょう》をきし、

「そのように言い切る、根拠《こんきょ》は何か？」

と尋ねた。

「あの恐ろしい出来事が起こりました時、わたしの兄の韓袋《からふくろ》が蚊屋野の猟《かり》に加わっておりまして、後に、兄からその場所を聞き知ったのでございます」

置目は答えた。

三十数年前の安康三年当時、置目の兄・狭々城山君韓袋宿禰《ささきやまぎみからふくろのすくね》は御料地の来田綿を管理する野守《のもり》であった。そして、その恐ろしい出来事とは、時の安康天皇[注1]が皇子の市辺押磐皇子に皇位を譲ろうと思われたとき、市辺押磐皇子の従兄《いとこ》弟の大泊瀬皇子《おおはつせのみこ》（後《のち》の雄略《ゆうりゃく》天皇[注2]）が自ら皇位につこうとして、一計を企てた冬のはじめの謀殺《ぼうさつ》事件のことであった。

置目は、その事件の前後関係を次のように話した。

「ある日、大泊瀬皇子は狩り好きの市辺押磐皇子に、近江の来田綿の野守から、『淡海《おうみ》の蚊屋野には、猪や鹿がたくさんおり、その立つ足は雑木の原のよう、頭に戴いた角は枯松林のごとく、そのはく息は朝霧にみえるほど』と言ってきました。如何《いかが》でしょうか、寒くならない秋のうちに、狩りへご一緒いたしましょうと語って、来田綿に市辺押磐皇子を誘いだされたのでございます。」

そして、蚊屋野での出来事は、聞くに堪えがたく、口にするのもはばかられるほど非情なもので、市辺押磐皇子が獲物を追って馬を走らせているとき、

「猪がいた！」

と大泊瀬皇子が叫び、獲物と見間違《みまちが》ったふりをして、馬上の市辺押磐皇子を弓

で射殺したと言うのである。

さらに、馬上から転げ落ちた市辺押磐皇子の遺骸《いがい》にとりすがって、

「なんと、酷《むご》いことをなされるのですか」

と号泣《ごうきゅう》している舎人《とねり》（臣下）の佐伯部売輪仲子をも、大泊瀬皇子は馬上から矢を放って射殺した。そして、ふたりの遺骸をひとつのカイバ桶（馬の食べ物を入れる桶）にいれ、塚も築かずに埋め、その穴を平らにならしてしまった。

こうして大泊瀬皇子は雄略天皇として即位されたのです、と置目は語って目頭を押さえ嗚咽《おえつ》した。

この事件が起こった時は、顕宗天皇も兄の億計王も少年で、雄略天皇からの御難を恐れて播磨国明石《はりまのくにあかし》（現・兵庫県明石市）で名をかくし、縮見屯倉首《しじみのみやけのおびと》のもとで逃亡生活を送っていた。その為に、父王のお骨の探索《たんさく》など、とても及ばなかった。時が経ち、雄略天皇も、置目の兄の韓袋も亡くなったため、父王と舎人の埋葬場所は分からなくなってしまった。

それを今、顕宗天皇のお召しで、置目は河内の宮に出廷し、その忌まわしい事件の真実と、亡きおふたり（市辺押磐皇子・佐伯部売輪仲子）の埋葬場所の事実を申しあげたのであった。

それから時を経ずして、顕宗天皇と兄の億計王は蚊屋野へ行幸《ぎょうこう》された。置目の案内で蚊屋野の一所に立たれた両王は、しばし瞑目《めいもく》され、

「……ここでよいのか」

と、傍に控える置目に尋ねられた。

置目は両王の足元に伏し、

「あの老松の根元から二間（六メートル）手前、一尺（約三十センチ）ばかり堀り進めますれば、お骨にゆきあたりましょう」

と申しあげた。

すぐに工部司の役人たちが進み出て、その場の土を剥いでゆく。すると、置目が語る通りに、折り重なった人骨が姿をあらわした。ところが、二体のお骨は捨て埋めにされた上に時が経ちすぎ、しかも獣《けもの》の歯牙《しが》に荒らされたのであろうか、バラバラで欠損《けっそん》が激しかった。

「ああー、どれが父王のお骨なのか……、まったくわからぬとは。これほど酷《むご》い仕打ちがあろうか」

両王はその口惜しさから、その場に膝をつかれ、人目も憚《はばか》ることもなく、ハラハラと涙を落とされた。随行《ずいこう》の供《とも》もみな、涙した。

置目は悲しみの中、ふとある重要な事実を思い出した。生前、兄の韓袋が申していた市辺押磐皇子の歯の特徴のことであった。

「亡き兄が、市辺押磐皇子さまは三枝《さきくさ》の八重歯《おしば》だったと申しておりました」

置目はそう申し上げ、再度《ふたたび》、お骨の傍に伏して丁寧《ていねい》に選《え》り分けていった。そして、とうとう上顎《じょうがく》の骨と思《おぼ》しき一片に、三枝の八重歯を見つけだした。

両王のお喜びはひとしお。お互いにそのお骨を胸に抱き合いながら、置目に感謝の意を示されると、河内の宮へ持ち帰られることになった。そして、三枝の八重歯以外の二遺体の骨は破損して混じりあって識別がむずかしいために、両王はご相談の上、お骨が見つかったこの場所に二基の御陵を造営して、お骨を二つに分けて埋葬されたのだった。それが今に残る市辺の御陵である。

置目はこの功により、顕宗天皇と億計王に寵愛《ちょうあい》され、宮中に召されて晩年をなに不自由なく過ごしたと伝わっている。

その後、顕宗天皇は父王を殺した雄略天皇を深くお恨《うら》みになって、その御陵《おはか》を破壊しようと思われ、人を遣《つか》わそうとされた。

それを知った億計王が、このように申しあげた。

「御陵を破壊するからには、他人を遣わすべきではございません。肉親の私《わたくし》が行って天皇の御心《みこころ》どおり、破壊《こわ》してまいりましょう」

するとと顕宗天皇は、「しからば兄王のお言葉のとおりになされますように」と綸旨《りんじ》をくだされた。

そこで兄の億計王は自らお行きになり、雄略天皇の御陵の傍《かたえ》を少しだけ掘って、すぐに還《かえ》られ、

「陵はすっかり壊しました」

と顕宗天皇に申された。

顕宗天皇は、兄王が「陵をすっかり壊した」と申されるわりには、あまりにも早くお還りになられたことを、不審に思われて、

「どのように壊されたのですか?」

と尋ねられた。

「その陵の傍の土を少し掘りかえしました」

とのこと。

顕宗天皇はそのご返事に納得がいかないので、今一度お尋ねになった。

「父王の仇に報いようと思うのなら、その陵を悉く《ことごとく》破壊すべきであるのに、何ゆえに少しだけお掘りになられたのですか?」

すると、億計王は威儀《いぎ》を紏《ただ》され、

「父王の恨みを晴らし、その霊に復讐《ふくしゅう》しようと思うことは誠に理《り》に叶いましょう。しかしながら、雄略天皇は父王の怨敵《おんてき》ではありますが、一方では自分たちの従父《おじうえ》であられ、また天下をお治めになられた天皇であられるので、今、一途に父の仇という志だけで陵をすっかり壊したなら、後世《こうせい》の人々に必ず非難を受けることになりましょう。ただし、父王の仇にだけは報復《ほうふく》しなければなりません。故に、その陵の辺りを少し掘ったのです。既にこのように辱《はずかし》められましたので、これにより報復の志を後世に示すに足りると思われます」

このように申し上げられたので、顕宗天皇は、

「おお、それも大きな道理《どうり》です。お言葉のとおり、破壊されたとのことなので可《よ》しといたしましょう」

と仰せになった。

このように心のやさしい兄の億計王は、父王が暗殺されたのちに明石《あかし》で逃亡中に雄略天皇が崩御された、そのときに、弟王が兄王より先に世に名乗りでられたという理由だけで、

「もしあのときあなたが世に名乗り出なかったら、今のふたりはありません。

これはあなたの手柄です。弟王よ、先に帝におなりなさい」

と第二十三代顕宗《けんぞう》天皇（四八五〜四八七）の座を弟王に譲られたのだった。

そして兄の億計王も、のちに第二十四代仁賢《じんけん》天皇（四八八〜四九八）として世を治められたという。

注1・蚊屋野

滋賀県蒲生郡日野町鎌掛《かいがけ》付近、八日市の船岡山を中心とする蒲生野一帯、愛荘町の蚊野村付近などの説がある。大泊瀬皇子が蚊屋野に市辺皇子を誘った一文は、次の通り。「今淡海《おうみ》の来田綿の蚊屋野に、猪鹿、多に有り。其の戴げたる角《つの》枯樹の末に類たり。其の聚へたる脚、弱木株の如し。呼吸く気息、朝霧に似たり」

乳橋

慈覚《じかく》大師が諸国行脚の途次《とじ》、東近江の建部南村と上日吉村の村境の川にかかる石橋にさしかかった。と、橋のたもとで、人だかりができている。

「はて、何ごとであろうや？」

大師が人垣の中を覗くと、やせ細った若い女が、「オギャー、オギャー」と泣き叫ぶ赤子を抱いたまま、たおれているではないか。

「しっかりしなはれ。どない、しなさったのや」

村人が問いかけているが、女の返答はない。

「気を失っておられるようじゃ」

大師は急いで女の腕の赤子を離し、ひとりの老女に預けると、僧衣の腰にさげた竹筒をとりだして中の水を女の口に含ませた。ややして、女は気を取り戻した。そして、蚊のなくような声で、気を失った理由《わけ》を語りはじめた。

女の夫は腕の良い、たいそうな屋根ふき職人であったが、ちょっとした不注意で足場から転落して大けがを負った。まもなく妊娠していた女に赤子ができた。収入《みいり》のなくなった女は赤子を抱えて日雇《ひやとい》稼ぎをしていたが、思うように働けない。三日前から一粒のご飯も口にできず、母乳が全くでなくなってしまった。それでも赤子は母乳を求めて激しく泣くので、この橋のタモトで乳首を含ませているうちに気が遠くなったのだという。

人垣から、「それはそれはおきのどくに、このなかに誰ぞ乳の出なさる女性はおられんかな」と声はあがるが、乳飲み子を抱えた女性はいそうにない。

「村までひとっ走《ぱし》りして、乳のみ子のいる母親を連れてきてもらえまへんやろか。代りに乳をやってもらえれば、この赤子のお腹も満たされますのやが」

赤子を預かった老女が人垣に向かって、そう請うと、

「そうしてやりたいのやけんど、わしらの村に今、乳のみ子を持つ母親は、ひとりもおらんが。南建部村はどうや?」

「わしらんとこもなーぁ」

両村の村人は顔を曇らせるばかり。

「困ったなー」と、皆が頭を抱えている内に、赤子はますます火がついたよう

に泣きだした。

それならばと、慈覚大師が、

「拙僧によき策がある。試してみなさるかな」

と、女に問うた。

「この子の腹を満たせるならば何《なに》にでも、おすがりいたしとうございます」

女は消え入るような声で告げ、大師を見あげた。

赤子を抱いた老婆も思いは同じ。

「み仏のご利益におすがりできれば、ありがたいことでございます」

と頭をさげる。

だが、人垣からは、大師が授けようとする策をいぶかる声が立つ。

「いくら仏道に長けたお坊さんでも、乳の出ない女に乳を授けるなんぞ、聞いたことがない。出来《でけ》るはずがないぞな」

「ほんまや。あの枯れ木みたいな体ではなーぁ？　ほれとも、あの錫杖に乳のでる細工でもしてあるにゃろうか？」

すると、すぐにもう一方から、

「良い策がある、と言うたはるやないかい。この急場はお知恵を借りるのが、良策じゃぞな」

との声が上る。そして、女も周りの村人たちも大師にすがることになった。

「さて、よき策を探ってみましょう」

大師はそう言い置くと、錫杖を手にして橋の上から川を見おろし、右手で錫杖を打ち鳴らしながら数珠を左手に、念仏を唱えはじめた。

周囲を囲む人々も合掌し、大師のあとについて念仏を唱える。すると、錫杖の先がピク、ピクと動き始め、大師の右手を導き出した。

「はい、はい、いま行きまするゆえ……」

大師はそう呟いて、周囲の人々に次のように告げた。

「今立っているこの石橋の下に、乳房の形をした岩がありまする。そこから滴《したた》り出《いず》るしずくを飲めば、すぐにも乳房が張ることでしょう」

大師はそう告げると、何処《いずく》へともなくたち去った。

女が石橋のしたに降りると、慈覚大師が予言されたとおり、乳房に似た岩が飛び出しており、その岩の先から清水が滴っていた。

「おおー、これがそうなのや!」

早速、女がそのしずくを飲むと、たちまち、

45　乳橋

「ああーぁ、両乳房が痛いほど張って、赤子がしゃぶる乳首から乳が出る感触がありまする。ああーぁ、うれしや」

と安堵と感激の声をあげた。

こうして女の乳首を吸う赤子の口もとからは、母乳があふれたという。その話を聞いた村長は、川のたもとに地蔵堂を建立した。それが今の「南村の地蔵堂」で、「乳橋地蔵」と呼ばれている。

【乳橋】その②【慈覚大師の霊感】

慈覚大師が乳の出が悪く困っている女性を見て、休息したことのある富士橋を思い起こして、富士権現に祈願したところ、この橋より北へ一丁（一〇九メートル）ほど先の石橋の下に乳房が現われたとの霊感を得、ただちに神像を作り、その石橋の袂に埋めた。そして、その場所に巨石を建てて乳神とし、村人に知らせて立ち去った。後に村人が一宇を建ててお祀りした。乳橋地蔵は建部南村と建部日吉村の両村にある。

茶壷道中

宇治《うじ》は茶所《ちゃどころ》、茶は政所《まんどころ》、味のよいのは杭瀬《くいせ》の茶――と囃《はや》されるほど、東近江《ひがしおうみ》政所村の杭瀬の茶は味がよい。

だが、江戸の将軍家《しょうぐんけ》に献納《けんのう》される茶は常に、茶所の権威《けんい》を持つ宇治茶が一級品とされ、杭瀬の茶はその権威《けんい》に屈《くっ》しざるえなかった。そういうやっかみもあって東近江の人々は、将軍家ご用達《ようたし》を笠に権威をふるって街道を行く宇治茶の茶《ちゃ》壷《つぼ》行列を見ては、

「なんじゃい、たかが宇治茶じゃないかい」

と冷笑《れいしょう》した。

そのお茶壷行列が今年も、中山道《なかせんどう》を進んで、東近江にやって来た。街道沿いの村々では、その出迎えの準備にてんてこ舞いだ。

「猫《ねこ》の手《て》も借りたいほど忙しい田植え時やというのに、ほんまにカナンなぁ―」

「まったくや。三日も田の仕事を休んで、お茶壷さまぁ、お茶壷さまぁーと道端に土下座して、宇治の茶壷を奉《たてまつ》ってお通りしてもらわなならんのやさかい、やってられんわい」

村人はブツブツと不満《ふまん》を口にする。その尻から、紋付袴《もんつきはかま》に正装《せいそう》した村役人《むらやくにん》が血相変《けっそうか》えて、

「これッ、おまいらの言うこともわからんではないけんど、めったな事を口にするもんやない。お役人《やくにん》の耳にでも入ったら、それこそ、どえらいお咎《とが》めをくらうぞ。二《に》、三日《さんにち》の辛抱《しんぼう》や。辛抱して働け、働け」

と諌《いさ》めてまわる。

今でもよく歌われる『わらべ歌』に、

♪ズイズイ、ずっころばし、ごまみそズイ、

茶壷に追われてトッピンシャン、

ぬけたらドントコショ、

俵のネズミが米くうてチュウ、

チュウ、チュウ、チュウ

おっとさんがよんでも、おっかさんがよんでも、

行きっこなーぁ、しーよ
井戸のまわりで、
お茶碗欠いたのだぁーれ♪

というのがある。軽妙《けいみょう》な節回《ふしまわ》しで、筆者が子どもの頃はよく、このわらべ歌でひと遊びしたものである。この歌は田植時期で忙しい当時の農民たちが、大《だい》迷惑《めいわく》なこの茶壷道中を風刺《ふうし》したものだと言われている。

「おお、くわばら、くわばら。壁《かべ》に耳《みみ》あり障子《しょうじ》に目《め》ありや」

村人は首をすくめた。

当時、将軍家ご用達《ようたし》のお茶壷行列の権威は凄まじかった。たかだか茶壷でありながら五摂家《ごせっけ》注1や宮門跡《みやもんぜき》注2に準ずるとされ、道中奉行を筆頭に随行員数《ずいこういんすう》百名、馬数・数十頭の大行列が組まれ、中山道に歩みを揃えた。肝心《かんじん》の茶は茶壷に封印《ふういん》された後、羽二重《はぶたえ》でくるみ、さらにその上を綿入《わたい》れの帛紗《ふくさ》で包んで長棒駕籠の中に納められていた。その取り扱いは細心の注意が払われ、もし手違いや粗相《そそう》が生じれば容赦《ようしゃ》なく厳罰《げんばつ》に処せられたという。

お茶壷道中の当初は宇治より東海道《とうかいどう》を経て江戸に送られていたが、この陸路《りくろ》は海に面する所が多く、「潮風《しおかぜ》が茶を変質《へんしつ》させる」という理由で第四代将軍徳《とく》川家綱《がわいえつな》の時代に中山道から甲州《こうしゅう》街道を経て江戸に入る運送路に改められた。街道沿いの村々では、このお茶壷行列が通行する際には、田畑の耕作は禁じられ、街道の整備や清掃が強要された。そして、街道の辻々には清めの盛り塩をし、村役人は紋付袴《もんつきはかま》の正装で接待をするのが、慣例《ならわし》だった。村人や街道を通行する人々は道端に土下座して茶壷行列を見送るのはもちろんのこと、参勤交代《さんきんこうたい》道中《どうちゅう》[注3]の大名行列さえも下馬《げば》、降籠《こうろう》して道を譲るほどであった。

文政十年（一八二七）五月二十三日のことである。この年のお茶壷道中に、深刻な問題が発生しつつあった。

お茶壷行列が草津宿《くさつじゅく》を出て間もなくのこと、

「なんや雲行《くもゆ》きが怪しいやないかい」

村人が空の様子を気にしている内に、ゴロゴロ、ゴロゴロと雷鳴《らいめい》が轟《とどろ》きだした。四半時《しはんとき》も経《へ》ぬ内に、ポツン、ポツンと振りだした雨が、ザザァーと本降《ほんぶり》になってきた。やがてその雨は、いっこうに止む気配がなくなった。

「困ったこっちゃ、これはどえらい長雨になりそうや。このままじゃ、わしらの助郷《すけごう》[注4]のご負担が増えて、大弱りせんならん。どうぞ雨よ、止んでくだはれや。

おたのみ申しまッせ」

村人は滝のように落ちてくる雨空を見上げては、念じていた。

その頃、お茶壷行列は増水した野洲《やす》川を渡ることができず、守山宿《もりやまじゅく》泊《ど》まりを余儀なくされていた。雨は一時的に小ぶりになっても、止みそうにない。

道中奉行は随行役人を呼び寄せ、

「ええーいッ、腹だたしい雨じゃ。これでは台ヶ原《だいがはら》に到着するのが、遅れるではないか。なんとかいたせ、なんとかッ」

額《ひたい》に青筋《あおすじ》立てて苛立《いらだ》ちをぶっつけた。台ヶ原は甲州街道にあり、茶を百日間《ひゃくにち》保管して夏を越させ、秋になって江戸に輸送する中継地だった。

あくる日も雨は止まず、野洲川の堤をこえた水は往来にまで溢《あふ》れていたが、雨の切れ間をぬって、村人総出で横関《よこぜき》の堤側に仮橋《かりばし》を架《か》け、やっとのことでお茶壷行列は武佐宿《むさじゅく》に到着。その日は武佐宿泊まりとなった。

その翌日も雨はふり続き、道中奉行は夜も明けぬうちから、

「ええーい、この大事に、ぼやーっと雨宿りなどしておれぬわッ。日程を遅らすわけにはゆかん。はよう、村人を叩き起こし、総出で道に溢れた水を掻《か》き出《だ》させいッ」

と、かんしゃく玉を破裂《はれつ》させて命じた。

武佐宿の本陣《ほんじん》・脇《わき》本陣では、やっさもっさ。雨中を走り回って村人を叩き起こす。助郷を仰せつかっている近隣の村人は雨の切れ間をぬって、水掻きや、街道の修復作業に四苦八苦、難渋を極めた。

やがて雨が小降りになった。それを待ちかねて、

「ようし、今じゃ。出立《しゅったつ》いたせぇーッ」

道中奉行の号令《ごうれい》が飛ぶ。

お茶壷駕籠を担《かつ》ぎ上《あ》げ、その行列は死《し》に物狂《ものぐる》いで中山道を北に向けて駆けだし、お茶壷行列一行はほうほうのていで、愛知川宿に到着した。その夜は愛知《えち》川宿《がわじゅく》泊まりにあいなったという。

例年なら草津宿から愛知川宿間を一日でお通りになるお茶壷行列さまが、この年は、四日もかかってお通りになった。随行員《ずいこういん》の苦労もさることながら、それを出迎えた「東近江の村人の辛苦《しんく》は、想像《そうぞう》を絶《ぜっ》するものだった」と、今に伝わっている　宇治と競い合った「政所茶」のその後は、平成二十五年六月三十日付けの次の京都新聞「凡語」欄の記事で想像できる。

江戸時代の食品を網羅した「本朝食鑑」で宇治に次ぐ名声を得た茶どころが湖東にある。梅雨空のある日、鈴鹿の山並みに分け入った。急斜面にへばりつくように点在する茶畑の緑がみずみずしい。東近江市奥永源寺地域の「政所《まんどころ》茶」だ▼山間特有の昼夜の気温差と、谷川から出る霧が銘茶を生み出す。無農薬栽培、手摘みと手間もかける。その地位は今も変わらない。ただ過疎、高齢化にはあらがえない。人手がなくなり、栽培面積はこの一〇〇年で一五分の一の六ヘクタールに減った。「幻の茶」と呼ばれ商品が出回るのも今はまれだ▼そんな状況を滋賀県立大の学生たちが授業で知り、昨秋、村にやって来た。「政所茶レン茶ー（チャレンジャー）」を名乗って栽培を志願した▼初めは懐疑的だった村の古老も若者たちの熱意にほだされ、畑を貸し、栽培を教え込んだ。茶は勝手に育つのではない。土づくりも草刈りも要る。寒風の時期も通い詰め、このほど初収穫を迎えた▼学生らは斜面での手摘みでくたくたになり、地元の人たちの苦労を実感した。同時に、伝統と向き合う喜びと責任を学び取った。さらに、紅茶など新商品の開発ができないかと知恵を絞る▼若いチャレンジが古来の茶所に新風を吹き込む。出来上がった茶の苦みは若者たちに心地よいに違いない。

注1・五摂家《ごせっけ》

藤原氏嫡流で公家の家格の頂点に立った五家のこと。大納言・右大臣・左大臣を経て摂政・関白、太政大臣に昇任できた。近衛家・九条家・二条家・一条家・鷹司家の五家がある。摂関家《せっかんけ》、執柄家《しっぺいけ》ともいう。

注2・宮門跡

皇族・貴族が住職を務める特定の寺院、あるいはその住職のことで寺格の一つ。元来は、日本の仏教の開祖の正式な後継者のことで「門葉門流」の意（この場合は門主とも）。鎌倉時代以降は位階の高い寺院そのもの、つまり寺格を指すようになり、それらの寺院を門跡寺院と呼ぶようになった。

注3・参勤交代道中

各藩の藩主を定期的に江戸に出仕させる事により、財政的負担を掛けると共に人質を取るための江戸幕府の制度。各藩は、藩主の江戸藩邸と国元の居城の二重の維持費が必要となり、江戸と国元との行き来のために街道の整備や、大名行列の費用、道中の宿泊費など多額の出費に迫られた。この制度により各藩は徳川家に反旗を翻す事が非常に難しくなり、徳川家が十五代に渡って繁栄を築く要因となった。参勤は一定期間主君（この場合は将軍）のもとに出仕すること、交代は暇を与えられて領地に帰り政務を執ることを意味した。

注4・助郷

江戸時代に徳川幕府が諸街道の宿場の保護、および、人足や馬の補充を目的として、周辺の村落に課した夫役。また、夫役の対象となった村を指して言う「助郷村」は、略されて「助郷」と呼ばれた。

牛鬼

四百年ほど昔のこと。

金《かね》の村（現・東近江市左目町[注1]）に、それは美しい女が現れるようになった。

その女は、若者に出合うと、必ず、「ねェ……」と、ウインクする。

すると、若者はみな、女に吸い寄せられたように後についていく。ところが、その若者は必ず、行方が知れなくなった。

やがて村では、

「あの女は、ただモンやないぞ」

「若者を誘いだして、喰らうそうじゃ。その女の住まう山奥には人骨が、散らばっているということや」

そんな物騒な噂が、広がりだした。

村の若者は、誰も女について行かなくなった。すると、どうしたことか村の田畑の作物が荒らされるようになり、村では公儀《おかみ》に収める年貢《ねんぐ》はおろか、明日の食べ物さえ不足する始末《しまつ》になった。

「このまんまじゃ、みんな飢《う》え死《じ》にじゃ」

「村は壊滅してしまうぞ」

「逃散《ちょうさん》（村を逃げ出して、散り散りになること）するより他にミチはないのか」

村人は、ほとほと困憊《こんぱい》した。そこで村人は合い寄り、相談した結果、

「山の行者さまに、おすがりしよう」

ということになった。

その行者とは山の岩窟《がんくつ》をすみ家とする「左《さ》ノ目《め》一眼《いちがん》」だった。木の皮でこしらえた衣服を身にまとい、松の実を主食にして昼夜をいとわず、山岳修行に励んでいる。行者には右目がなかった。元は名のある武士だったが、負け戦のおりに敵の矢で右目を失ったという。多くの戦場で計り知れぬほどの人の生き死にかかわって、世の栄枯盛衰《えいこせいすい》の無常《むじょう》を悟り、武士を捨てて山の行者になって幾久しいともウワサされていた。

行者の歳《とし》は誰も知らず。曾爺《ひいじい》さんのころにはすでに、山に住み着いていたというから、百歳はゆうに越えているはずだ。なのに、三十歳そこそこにしか見

えず、身は猿や鹿より俊敏《しゅんびん》だった。行《ぎょう》で身につけた験力は神に通じ、雨乞《あまご》いや雨鎮《あましず》めの祈祷から疫病退散《えきびょうたいさん》、吉凶占《きちきょううらな》いと、村人は行者を神のごとくに崇《あが》めていた。

そんなある日のこと。

村長を先頭に村役人の数人が、岩窟に住む行者を訪ねた。すると、ひとりの童子が岩窟の入口に顔をだした。行者に仕えているこの童子《わっぱ》は、年のころは十歳ほどである。村長と村役人たちは、ベタッ、と地に伏して、

「行者さまにお目通りを、お頼み申しまする」

と、童子に頼み込んだ。

童子はびっくりして、「どうしたんやな?」と尋ねるかと思うたら、そうは聞かなかった。まだ頼み事を何も言わぬのに、

「困りごとは、もう、わかっているよ。美しい女がでて、悪さをし始めたのとちがうのかい」

童子に言い当てられて、村長と村役人は互いに顔を見合わせた。

童子は日々、行者のあとについて山の修行を怠《おこた》らず、その験力は事によっては、行者をしのぐとも言われるほどだった。

「その女は、妖力《ようりき》をもつ牛鬼《うしおに》や」

と、童子は説明した。

「まさにその通りです。退治に出た役人までが行方不明になるわで、難渋《なんじゅう》しております。もはや人力のおよぶ相手ではなく、行者さまのお力にすがろうとやってまいりました。どうぞ村の難儀をお救いくださりませ」

村長も村役人も必死にすがるばかり。

「うん、わかっているよ。今、行者さまは谷の奥に入って大山神《おおやまかみ》さまに祈祷しているところだよ。すぐに良い方法を授《さず》けていただけるから、村に帰って待っていておくれ。おいらも、これから行者さまの所へ行くとこだよ」

童子は村長と村役人にそう告げると、目の前の巨木にしがみついてスルスルと登り、枝から枝へ跳びながら山の奥へ駆け抜けていった。


山の奥では行者が、大山神を祀る滝裏《たきうら》の大洞《おおほら》にむかって祈りを捧げていた。

童子も行者の後ろに坐し、祈りを奉げた。

ややすると、行者がすっくとその場に立った。

「大山神のお許しがでた。滝の裏の大洞に参る。お前はここで待て」

行者はそう言い置き、ゴウゴウと水音を立て落下する滝の裏へ入って行った。

しばらくすると、右手には石包丁、左手に竹筒を手にして出てきた。

「これは大山神から授かった鈎爪《かぎつめ》の石包丁じゃ。そして、この竹筒には妖怪効《ようかいこう》毒酒《どくしゅ》がある。これを牛鬼に飲ませると、たちどころにその妖力は失せる。そしてこの鈎爪の石包丁で首を掻き切れば、牛鬼はたちどころに消滅する。牛鬼は酒と若い男の肉が好物じゃ。童子よ、おまえは村の若者を集めてその中にまじり、この酒を牛鬼にのませよ。そして、この石包丁で首を掻き切るのじゃ」

童子は行者の言いつけを持って、すぐに山をくだった。

さっそく山裾の広場に、村の若者が集められた。

日没を待って、広場の周囲にかがり火が焚かれた。

中央には酒樽を山と積み、ご馳走《ちそう》をふるまって宴が始まった。

ころ合いを見計らって、童子が妖怪効毒酒が入った竹筒の栓をぬく。たちまち辺りに甘い酒の香りが漂いだした。同時に、若者たちは下帯《したおび》さえも放り投げ、酒に酔い、歌え踊れのどんちゃん騒ぎになった。

ガサ、ボキボキ、ガサガサーー

山裾の木々の小枝をかき分ける音がしたかと思うと、突然、かがり火の向こうから、女が、ヌーッ、と顔をだした。

「おお、なんと、エエ女よ」

「これが、噂の恐ろしい牛鬼とは……」

と思ったが、童子に、

「ひるんではいけない」

と厳しく注意されているので、若者たちは顔をひきつらせながらも踊り狂った。しばらくすると、その輪の中から童子が踊り出て、何も言わず女の前に大《おお》碗《わん》をさし出した。大椀にはなみなみと妖怪効毒酒が注がれている。

女は童子を、ギロリ、と睨《にら》んだが、

「おお、酒か……」

その香に用心を挫《くじ》かれたのだろう。童子から、その大椀を受け取ると、グビリ、グビリと、咽《のど》を鳴らして飲みだした。その竹筒は、たとえ一杯目を飲み干しても、すぐに底から妖怪効毒酒が湧きでる術《すべ》が、施《ほどこ》されている。

やがて女は、へべれけに酔った。立つこともままならず、ドサッ、とその場に倒れ込み、大イビキをかきだした。

「さぁ、みなさん。この女こそ、牛鬼です。首を掻き切りましょう」

童子が鉤爪の石包丁で、ザクッ、と女の首を掻いた。

「ぐわッ！」

女の悲鳴が山にこだました。

その途端、女の姿は消えて額《ひたい》に長く鋭《するど》い二本の角《つの》、爛々《らんらん》と青く光る大皿のような目、耳元まで裂けた大きな口には鋭い牙《きば》、太い腕から伸びる三本の指には鉤《かぎ》のような爪《つめ》があり、その全身は針金のような剛毛に覆われた、牛鬼の姿に変わった。

「ぎゑ《いえ》ーッ」

若者たちの悲鳴があがる。

ドバッ、ドクドクと牛鬼の首から血が噴きとんだ。童子も村の若者たちも、そのどす黒い血で染まる。

牛鬼は白眼をむき、「うをーッ」と、断末魔の悲鳴をあげた。

そのとたん、その巨体は夜空に舞い上がり、煌々《こうこう》と輝く満月に吸われるかのように消え失せた。しばらくして、村の若者たちが我に返ると、童子の姿もなくなっていた。

それ以降、村では左ノ目一眼も、童子の姿も見た者はいなくなった。やがて村人は、金の村を「左目村」と呼ぶようになったという。

一説によると、この「左ノ目一眼」こそが大日如来《だいにちにょらい》の化身で、燃え盛る焔《ほのお》を背に忿怒《ふんぬ》の相で厳《おごそ》かに盤石《ばんじゃく》の上に座する「不動明王《ふどうみょうおう》」だともいう。

右手に持つ三鈷剣《さんこのけん》は魔を退散させ、人々の煩悩《ぼんのう》を断ち切るとされ、剣に巻き付いた倶利迦羅龍《くりからりゅう》は竜王の化身であり、左手の羂索《けんさく》は悪を縛り上げ、煩悩《ぼんのう》から抜け出せない人々を救い上げるための縄。右目《みぎめ》は天を、左目《さめ》は地を、それぞれ睨み（天地眼）、眼球が赤く充血しているのは忿怒の凄まじさを表現し、右の唇からは牙を上方に出し、左の唇からは牙を下方に向けている。これは陰陽を表わしているのだという。そして、左ノ目一眼につかえる童子こそ、不動明王の脇侍仏《わきじぶつ》が化身した姿だった、とも伝わっている。

注1・左目

この地名の起こりは伝説によると、はじめは谷地を金の谷、集落を金の村と称したが、左の目一眼の童子が牛鬼を倒して村を救ったので、谷を左目子谷、村を左目と改めたという。なお、佐目村は佐目子谷の出合い付近の愛知川左岸の袋状の段丘上に位置していたが、永源寺ダム建設と同時に湖底に沈み、現在村は「牛ガ額」と呼ばれていた場所に移されている。

お滝の瘤松

早朝、床を離れた東近江の人々は、その異変に首をかしげた。
萱尾村《かやお》の百姓・甚平《じんべい》もそのひとりだった。土間に設けた夜尿用の肥桶《たんごけ》を外の厠《かわや》に運んで放ち、顔を洗いに井戸端《いどばた》へ向かったのはよいが、外は妙に生暖《なまあたた》かい。九月も末だというのに時折り季節はずれの南風《みなみかぜ》がピュウー、ピュウーと鳴いて体を押す。いつもならあれほどうるさくさえずる雀《すずめ》も、虫の鳴き声もまったくしない。

そこへ、カカァ（妻）が井戸端へ水を汲《く》みにきた。

甚平は口をすすぎながら、

「今日のおテントウ（空）さんは、どーも様子がおかしい。地揺《じゆ》れ（地震）がするのか、ほれとも大雨や大風がくるのか……、気をつけなあかんな」

とカカァに言った。

「ほーやな、何事も無かったらエエけんど。ほれにしても、けったいな空模様やわ」

ふたりは空を仰いで、ため息をついた。

今日は庄屋の屋敷で、今年の年貢米《ねんぐまい》の算段《さんだん》をしてもらう日であった。

「こんな気持ちの悪いおテントウさんやさかい、庄屋さんね（の家）の用事を早《はよ》うに済まさはったらどないどす」

カカァに尻を急《せ》かされ甚平は、早々に、朝餉《あさげ》を済ませ、

「いつ大雨を降らすやも知れんおテントウさんやさかいにな」と、どす暗い空を見上げながら蓑《みの》と笠《かさ》を携《たずさ》えて、庄屋の屋敷に急いだ。

すでに庄屋の屋敷では、天候の異変に胸騒ぎを覚えた村人が大勢押しかけ、年貢米の算段の順番を待っていた。

「今年は豊作で一等米が仰山収穫《ぎょうさんとれ》て喜ろこんどったンやけんど、この数日、妙に生暖かい風がふきよるし、何や気色が悪いな。どえらい災難が起こらなよいがな」

庄屋は漬けすぎの沢庵《たくわん》みたいに額《ひたい》にシワを寄せながら、村人のひとりひとりに年貢米の算段をしていった。

年貢米の算段を無事に済ませた甚平が、庄屋の屋敷を後にして間もなくのこと、空一面にとぐろを巻いた様な分厚い黒雲が立ち込めてきた。あたりが極端に暗くなり、突然、天の水ガメの底が破れたかと思うような雨が、ドバッ、と降ってきた。急いで用意してきた蓑と笠を身に着けたが、そんな物は、まったく役に立たない。全身濡《ぬ》れ鼠《ねずみ》になり、甚平はほうほうのていで家に駆け戻ってきた。

「どえらい、雨でしたな。早う着替えをしておくれやす」

カカァの差し出した着替えをしている間にも、雨足はますます、ひどくなるばかり。おまけに強風がビュウ、ビュウと吹きだした。甚平は着替えもそこそこに、雨戸をシンバリで補強していった。

びゅぅー、ざざざぁー、びゆゅーん、ばしゃばしゃ、と、雨風《あめかぜ》は雨戸を敵とばかりに打ちかかる。破れ戸の隙間からは滝飛沫《たきしぶき》のように雨水が、部屋のうちまで飛び込んでくる。夜半になっても豪雨は止みそうになく、寝付かれぬままに夜を明かしたが、次の日もその勢いは衰《おとろ》えそうになかった。

「今年の風雨は、いったいどないしたことやら」

甚平夫妻は、それが静まるのを祈るばかりであった。

やがて正午もすぎた元禄《げんろく》十二年（一六九九）九月二十九日の暮の七つ時（午後四時ごろ）。風雨に乗って半鐘《はんしょう》の音《ね》が、ぎゃーん、ぎゃーんと、家の奥まで飛び込んできた。

半鐘がこれほど急いて鳴るということは、愛知《えち》川になんぞあったに違いない。えらいこっちゃ！　水が土手を越えだしたのか！　それとも堤が破れたのか！

近頃は河堤の補強が一段と進み、一昔前のように大雨のたびに土嚢《どのう》を積みあげたり、堤が破れることは少なくなったが、このたびの暴風雨はいまだ経験したことのないほどの、猛威。甚平は、ひどく胸騒ぎがした。

「村人も集まっているに違いない。川の様子を見にいってくるぞ」

甚平が鍬《くわ》を担《かつ》いで表戸を開けようとした、と、その時だ！

表戸の破れ隙間から悪臭《あくしゅう》を放つ、どす黒い濁流《だくりゅう》が、飛び込んできた。すでに表戸は水の圧力で開けることはできない。こうなれば外に逃れることは不可能になった。見る見るうちに水は床上に迫ってくる。

「早うツシ（屋根裏部屋）へあがれ！　家がテレンコ（ひっくりがえる）にならんかぎり、大事《だいじ》ないさかい」

甚平は梯子《はしご》をかけて家族をいそいでツシに避難させた。ツシには煙りだしはあるが窓がなく、光は全くない。カマドを焚く燃料用の稲藁《いなわら》が積み上げてあるだけだ。しかたなく、その夜は稲藁にくるまって朝を待った。

翌日、夜が明けると、暴風雨はすでに納まっていた。

甚平がツシから降りると、一階は散乱し、敷《し》きつめた畳筵《たたみむしろ》はめくれあがって部屋の片隅に盛り上がっていた。かまどの鍋や茶釜《ちゃがま》の蓋《ふた》は流されて中に汚水が溢《あふ》れている。水の引きは思ったより早く、すでに内庭には水溜りが残っているだけになっていた。

「家もろとも流されずによかったわい。やれやれ早速《さっそく》、大掃除《おおそうじ》や」

甚平はひとまず胸をなでおろし、表戸を開け、内庭に溜まった汚水をかいだしていた。するとそこへ、村役人のひとりが着物《きもの》のスソをたくし上げながら、

「大事なかったかい」

と、やってきた。

「まあ、この有様やけんど、昨夜はツシにのがれて、家族はみな、無事でしたわ」

甚平は頭をかきながら、苦笑いをした。

「ほれは、良かった。ところがな、さっき知らせがあったんやが、萱尾大滝神《かやおおおたき》社のご神体が祠《ほこら》ごと無くなっているというこッちゃ。夕べ《よん》の洪水で流されたん

やそうな。このままにしといたら神罰があたる、と村中大騒ぎや。ほんで、おまはん（あなたさま）にも知らせに来たのや」

「え、えーっ、ほら、アカンが！　家の後片付けはカカァにまかいせ、ご神体探しが先決やぞな」

　甚平は早速、カカァに事情を話して足元を真新しいワラジで固めると、急いで萱尾大滝神社に向った。神社の境内にはすでに、庄屋も村役人も氏子衆《うじこしゅう》も集まっていた。甚平が境内の奥に目をやると、台座は残っているが祠は影も形もない。

「あのとおりや。祠ごと、ご神体は流されたのや。探しにいこう」

　村人全員で下流に向かった。

萱尾から下流へ二里（約八キロメートル）あまり、五個荘奥村の「千の久保」までくだってきた時のことだった。

「おう、あれは！」

　甚平が川辺の松林を指差した。

　一本の松の大枝に、祠がひっかかっているではないか。

「ここにおられましたか」

氏子たちは祠にむかって一斉に走り寄り、

「早速、お戻りいただこう」

ご神体を祠ごと持ち帰ろうとした。

ところが、祠は松の大枝に吸い付けられたようにびくとも動かない。

「なんでじゃい！」

皆でもう一度、祠を引き離そうと引っ張ったり、被《かつ》いだりしたが、やはり祠は松の大枝に吸い付いて、びくともしない。

「これにはなんぞ、理由《わけ》があるに違いない。神にお伺《うかが》いをたてよやまいかい」

ということになり、同道していた神主がお伺いをたてた。すると、

「ここがよい。ここに祀《まつ》ってくれ」

と、お告げがあった。そこで皆は、

「お告げの通りにしよう。いつの日か、萱尾大滝神社にご遷座願えばよい」

と誓って、御神体を松の根元にお祀りした。すると、祠は軽々と松の大枝から とれ、萱尾大滝神社へ持ち帰られた。

これを知った奥村の人たちも、

「ここに萱尾大滝神社の大神さんが、お留まりになられたのや」

松の根元の大石をご神体として奉った。

それからしばらくすると、この松ノ木の大枝に大きな瘤《こぶ》ができた。

「不思議やな……！」

村人が驚いていると、次々と大小の瘤《こぶ》ができてくる。やがてその数は数百《すうひゃく》にもなり、いつしかこの瘤に、一匹の白蛇《しろへび》が棲みつくようになった。

「萱尾大滝神社の竜神《りゅうじん》さんのお使いにちがいない」

村人はその白蛇を崇め、松は「お滝の瘤松」と呼ばれて、

「粗末《そまつ》にすると祟《たた》りがある」

と畏敬《いけい》され、旱魃《ひでり》どきには、「慈雨《あめ》に恵まれる」と雨乞の祈祷《きとう》が行われるようになった。その行事は明治の末まで続いたという。

だが、この松は惜しくも、昭和五十七年（一九八二）に枯死した。

清水鼻三体地蔵

東近江五個荘清水鼻《しみずはな》村の東光寺《とうこう》は佐々木六角氏ゆかりの寺院であったが、織田信長に反抗したため焼き払われ、佐々木氏滅亡とともに廃寺となった。その跡地にひっそりと建つ地蔵堂に三体の地蔵尊が祀られている。向かって右端が「酒買い地蔵」と呼ばれる半迦《はんか》像で鎌倉期の作、正面が「音頭《おんど》地蔵」と名づけられた平安期作の立像、左端が室町期作の同じく立像で「身代わり地蔵」と呼ばれる。ともに等身大の木造である。そして、この三体地蔵にはそれぞれ次のような伝承がある。

酒買い地蔵（右端の地蔵）

その夜は中秋の名月だというのに、どうしたわけか、清水鼻村の旅籠《はたご》「角《かど》屋《や》」はいつになく閑散《かんさん》としていた。傍《かたわ》らで商う酒を買いに来る客もさっぱりなかった。

「あ〜あ、暇《ひま》ななぁ――」

店番《みせばん》の女中が、客足のない店先の床几《しょうぎ》に腰掛けて、こっくりと居眠《いねむ》りをしていると、夢見の彼方《かなた》から、

「おしまいやす（今晩は）」

と、よく通る声が降ってきた。

その声に、女中がハッと目を覚すと、目の前に一升徳利《いっしょうとっくり》を手にした緋《ひ》の衣《ころも》を着た僧が立っている。仏の顔をそのまま彫りこんだような美僧だ。女中はあわてて居ずまいをただして立ち上がり、

「お、おいでやす」

と頭をさげた。

「お酒を一升」

僧はそう告げて、徳利と通《かよ》い帳《ちょう》をさし出した。

女中は、はて？　見たことのないお坊さんやが！　と思いながら通帳を受け取ると、その表には浄敬寺《じょうきょう》と書かれてある。

「これはこれは、浄敬寺はん、ありがとうございます」

女中はすぐに、店先の酒樽から徳利に酒を一升分そそぎ入れ、

「お待《まっ》とうさんです」

笑みを膨らませて、通い帳に「特等酒《とくとうしゅ》一升」と、記入した。


それからふた月ほど日が過ぎた、冬のある夜のこと。

東近江の石塚《いしづか》村の酒屋「武兵衛《ぶへえ》」では、その日の商《あきな》いを終えた手代《てだい》が店の大戸《おおど》をおろしていた。すると、くぐり戸から一人の僧が顔をのぞかせた。緋の衣が良く似合う仏像のように美しい僧である。手代が用向きを尋ねると、通い帳と一升徳利をさし出して、頭の芯《しん》に沁《し》みる声で、

「掛けで、お酒を一升」

と注文する。

はて、お坊さんがお酒を？　と、手代は思ったが、お坊さんの間でも般若湯《はんにゃとう》というのがあって、それが酒のことだということは聞いていた。それに通い帳の表には隣村の本寺「浄敬寺」と書かれている。まぁ大事なかろう、と、

「へい、ただいま一升、お入れします」

僧から一升徳利をうけとると、すぐに店の酒樽から一升分をそそぎ入れた。そして僧に手渡し、通い帳に「特等酒、一升」と書き入れて掛売りをした。

「これで、日ごろの疲れも取れそうじゃ」

僧は目元をほころばせながら、浄敬寺の方へ帰って行った。

それから幾日か経ったある夜のこと。

西老蘇村《にしおいそ》の酒屋の主人と手代が店終《じま》いをしていると、緋の衣がたいそう良く似合う美僧が訪ねてきた。

「掛けで、お酒を一升」

と、僧は注文して、浄敬寺の通い帳を主人にさし出した。

「お見掛けしたことのない若いお坊さんやが、まぁ、清水鼻村の浄敬寺さんなら間違いはないやろう」

主人は受け取った一升徳利を手代に渡し、店の酒樽の口栓《くちせん》を解かせて一升分を徳利に入れさせた。

「おまちどうさんです。特等酒を一升」

主人は僧に告げ、掛売りした。

その年の大晦日、浄敬寺に三人の掛取り（集金人）がやってきた。

住職が庫裏《くり》から顔を出すと、その三人は愛想のよい笑顔を咲かせ、

「毎度、ご贔屓《ひいき》をたまわりまして」

と頭を下げる。地元の旅籠「角屋」と、石塚村の酒屋「武兵衛」、もう一人は西老蘇村の「酒屋」である。

「う、うん？」

住職は合点《がてん》がゆかず、

「はて！　何の掛取りですかな？」

と尋ねると、三人は口をそろえて、

「お酒の掛売り代金でおわす」

再び、三人は愛想よく腰をかがめて頭を下げる。

「はて？　拙僧は酒をたしなまんし、掛け買いをした覚えもないのやが」

住職がそう告げると、

「手前どもの掛帳は、この通りでございます。ほれは、中秋の名月の夜更けでございました。若うて、えろう美しいお坊《ぼん》さんが通い帳と一升徳利を持って、お酒を買いに来やはりました。どうぞお寺の通い帳を改めておくれやす」

角屋の掛取りが事情を話すと、あとの二人も口をそろえて訴えた。

「うん？　若い美僧やと……！、誰じゃろうか？」

住職は首をひねりながらも、とりあえず、小僧に言いつけて庫裏から通い帳を持ってこさせた。そして、驚いた。

「あやー、ほんまや！」

通帳にはちゃんと掛けの内容と、代金が記されていた。さりとて、住職には身に覚えがない。ましてや傍でかしこまっている小坊主が、酒を口にするはずもない。

「誰やろ？　酒を買ったのは誰かいな？」

住職は首を捻《ひね》った。だがいくら捻っても拉致《らち》があかん。それにこのまま「知らん、存ぜぬ」と言い張って、寺の悪評が立つのだけは避けねばならん。

住職は仕方なく、三人の掛取りに銭を払って帰らせた。


明けて元旦。

本堂で勤行《ごんぎょう》を終えた住職が、小僧を連れ、山上の地蔵堂に向かっていると、何処からともなく、プーンと酒の匂いがする。

「けったいなこっちゃ、何でこんな場所《ところ》で酒の匂いがするんかいなー?」

と思いながらお堂に辿《たど》り着《つ》いた住職は、目を剥《む》いた。右端の緋の衣を着た地蔵菩薩の口元から匂い立つのは、まちがいなく酒の香だ!

「あららー、なんと酒を掛け買いしたのは、このお地蔵さんかいなー」

住職は仰天するやら呆《あき》れるやら、

「これからは必ず、般若湯を供《しん》ぜますから、出歩かないで坐っていてくださいや」

住職が経をあげて、お願いをすると、

「わかったよ」

頭の上から声がして、その地蔵菩薩はその場へどっかりと腰を据え、半迦座を組まれた。以降、この地蔵菩薩は「酒買地蔵」と呼ばれ、般若湯をお供えするようになったと伝わる。別名「わらい地蔵」とも言われている。

音頭地蔵（正面の地蔵）

むかし、清水鼻の里に歌の上手な若者がいた。その音域は低く高く抑揚《よくよう》をつけて幅広く、深みがあって聞く者の耳を楽しませた。この天性の才を授かった若者こそ、馬子《うまこ》の三吉《さんきち》である。

晩春のある日のこと。

空は晴れ、おだやかな陽射しに包まれながら三吉が、彦根のご城下まで客を送って行ったその戻り道。機嫌よく「馬子唄《まごうた》」を口ずさみながら、から馬（客の乗っていない馬）の手綱《たづな》を引いていると、背後から、

「もうし、そこを行く馬方《うまかた》さん。少々歩みをゆるめてくださらんかな」

と、呼び止める者があった。

三吉が、「どう、どうーォ。ほれ、お客さんやぞ」と、手綱を絞って馬の歩みを止めた。振り返ると、若い僧に手を引かれた老僧が、

「これは、これは、すまぬことじゃ」

足を急かせて追って来る。

老僧は三吉の前で息を整えると、

「なんともいい歌声じゃ。拙僧《せっそう》もこの歳になるまでずいぶん、日本国中を行脚《あんぎゃ》しましたが、おまいさんほどの声と節回《ふしまわ》しを持つ者に出合ったことがありませぬ。つい聞き惚《ほ》れてしまい、彦根《ひこね》へ行くのを後回《あとまわ》しにし、おまいさんの背につかず離れず、ここまで街道を逆戻りしてしまいました。どうかこの辺りで一つ、

この老いぼれ坊主に、その良い声で『馬子唄』の数節を聞かせてもらえませぬか。心ばかりなれど、駄賃《だちん》も所持しておりますゆえにな」
丁寧《ていねい》に頭をさげられて、三吉は、
「馬に乗る駄賃とちごうて、唄の駄賃けぇ！」
目を丸めて驚いたが、自慢の歌声をほめられて、気分が悪かろうはずはない。
「まぁ、旅の土産にでもしてもろうたらよし、ほんなら唄いますけんど、もうそっとこっちゃへ」
老僧と供の若い僧を道端《みちばた》に寄せて、馬の手綱を右手に、馬子唄を歌いだした。
「♪　はぁーあー、
めでた、めでたの若松さんヨォー
　駒を急かせてハナの彦根のご城下へ
おお、シャン、シャン、シャンー、天秤《てんぴん》やぐらのヨォー
　枝も栄えて、葉もしげるヨォー　♪」
その歌声は街道を行く時よりもさらに力強く流れ、周囲の田畑に広がり、街道を行く人々も歩みを止めて聞き入った。三吉は、馬子唄や江州音頭《ごうしゅうおんど》の数節を唄い上げ、

「これでよいかいの？」

　と、老僧に尋ねた。

「おう、おう、じゅうぶんに耳袋《みみぶくろ》を楽しませてもろうた。ほんまに良い土産話《みやげばなし》がでけたもんや。これは唄を聞かいせもろうた駄賃じゃ。さあさ、受け取ってくだはれ」

　老僧は首にさげた頭陀袋《ずだぶくろ》から、巾着《きんちゃく》（銭を入れる袋）を取り出すと、三吉にさしだした。

「うえっ、巾着ごと？」

　有り金全部《みんな》を差し出した老僧に、三吉は大層な金が入っているに違いないと思いながら、中を覗《のぞ》いてのけぞった。

「げエ、エー　駄賃は銭《ぜん》とちごうて、このうす汚いカラの巾着だけけェ？」

　三吉が唇をとんがらせて、しぶ面《づら》をした。すると、老僧が、

「ハハハー、これはな、拙僧が清水鼻の三体地蔵へお参りした時に、真ん中の地蔵菩薩からさずかった巾着じゃ。この巾着にいくばくかの、銭を入れておくと、なんぼそれを使うても減らんという巾着なんじゃ。これを身につけておれば銭に困ることはまずない。じゃがな、これを他言するとたちまち、その効力

が無《の》うなるので、くれぐれも人には喋らんようにな」

と、最後の言葉に力を込めて言った。

そんなバカなことなどあろうはずがない、と思ったが、

「唄を褒《ほ》めてもろうたその上の駄賃やさかいに、まあエエわ。ほな、遠慮なく貰《もら》っとくさかいに、おおきに」

三吉は懐《ふところ》に巾着を仕舞い込んだ。


それからの三吉は老僧の言葉通り、銭に窮《きゅう》することは、まったくなくなった。馬方稼業に出かける前に、その日の必要な分の銭だけを巾着に入れておくと、いくらそれを使っても銭は減らない。そればかりか馬方稼業で稼いだ銭のすべてが残った。三吉は一年もせぬ間《ま》に小金を貯め、それを元手に馬方稼業を広げて、けっこうな生活を送れるようになっていった。そして、老僧に注意された通り、この巾着の秘密は他言せず、清水鼻の三体地蔵に深く帰依して稼業に励んでいた。

ところがある夜のこと、三吉が仕事を終えて、村の旅籠、「角屋」の酒房で酒を飲んでいるところへ、知り合いの村人や馬方たちがやって来た。たちまち

三吉は、「街道一番の出世頭《がしら》や」と煽《おだ》てられて有頂天。酒席は盛りあがり、自慢の馬子唄や江州音頭の数曲を披露する。

「音頭も稼ぎも街道一、わしらもおまえにあやかりたいもんや」

みなからほめられて、三吉はすっかり上機嫌。

「わしらノドではおまえの真似はでけんけど、稼ぎのコツやったら、わしらかて何とかなるやろう。コツがあったら教えてくれんかいのう」

みなに持ちあげられた三吉は、酒の酔いも手伝って、

「コツやて？　ほんなもん、あらへん。じつはな……」

と、つい自慢の唄を聞かせて駄賃がわりにもらった不思議な巾着のことを、ポロリと漏らしてしまった。すると、その夜を限りに、その巾着の効力は失せ、三吉は大いに悔《く》やんだという。清水鼻の三体地蔵の真ん中の地蔵菩薩立像は今に、「音頭地蔵」と呼ばれている。

身代わり地蔵（左端の地蔵）

清水鼻の東光寺《とうこう》の梅誉《ばいよ》上人が、京の智恩院《ちおん》を訪れた時のこと。

石段の傍《かたわら》でひとりの小童《こっぱ》が小刀で木片を削《けず》っていた。

あまり熱心に削っているので、

「なにを彫っておるのじゃな」

上人がその様子を覗くと、三寸（約九センチ）ばかりの地蔵菩薩像を彫りあげている。その像のおだやかな顔の作りといい、衣のヒダといい、合唱する手のやわらかさといい、とても小童の作とは思えぬほどに精巧で神々《こうごう》しい。いままさに、あと一手を加えると完成と思えるところである。

上人はたちまち、それに心をひかれてしまった。

「これ小童よ、おまえは都で名高い、仏師のご子息か？」

と尋ねると、小童は黙《もく》したまま、首を横に振った。

「なればだれぞに、彫刻《ほりかた》の手ほどきを受けたのかい？」

再度、上人が尋ねると、小童はまたも首を横に振り、

「仏性《ぶっしょう》にふれれば誰にでも彫れるよ。お上人さまが、ここをお通りなされるのが分かっていたので、彫りながら待っていたんだ」

と答えた。

「何と、仏道にも聡明《そうめい》で、不思議なことを口にする小童よ！」

たちまち上人は、その地蔵菩薩像が欲しくなり、

「拙僧にそれを譲ってはくれぬか」

とせがんだ。すると、小童は満面に笑みを咲かせて、

「そのつもりで彫っていたんだから、あげるよ」

彫りあがったばかりの地蔵菩薩像をさしだした。

「これは、ありがたや」

上人は頭を垂《た》れて礼を述べ、そして顔を上げると、おや？ 今、目の前にいたはずの小童の姿が、忽然と、消えていた。

「はて不思議なことよ……、もしやあの小童は、仏が出現《いで》まして、我がためにこの地蔵尊を与えたもうたのであろうか……」

その奇瑞《きずい》に感動し、その地蔵菩薩像を東光寺の地蔵堂に安置した。すると、

「おおー」

三寸ばかりの地蔵菩薩像の背丈が、するすると伸び、背丈が三尺（約九十センチ）のりっぱな地蔵菩薩像になった。そしてまた、上人がその像に手をそえると、背丈がもとの三寸に戻った。

「これぞまさに、守り仏よ」

それ以来、上人は諸国行脚の時には必ず、その地蔵菩薩像を懐に入れて向かうようになった。

ある晩秋のことである。

諸国行脚にでた梅誉上人が、丹波《たんば》の国の鬼が棲まうという大江山の山中で、道に迷って日暮れてしまった。

「どこぞ、夜露でもしのげるところはないものか」

と探していると、山中に家が一軒あった。

さっそく一夜の宿を請うと、

「さーさ、遠慮《えんりょ》は無用《むよう》です。どうぞおあがりくだされ」

家主は気軽に承諾してくれた。

さて、この家主だが実は、「丹波の大屋造《おおやぞう》」という山賊であった。これを知らない上人は、奥の部屋に案内され、旅の疲れもあって、その夜は深い眠りに落ちていた。

大屋造は上人が寝込んだのを確かめると、

「しめしめ、坊主の頭陀袋《ずだぶくろ》はずいぶん肥えておった。方々で布施《ふせ》にありついてきたに違いない。さっそく奴《やつ》を始末して、中身を頂戴しよう」

大屋造はそうカカァ（妻）に告げ、眠っている上人の部屋に忍び込み、その首を鎌の刃先で掻き切った。そして、頭陀袋を取りさると、

「ムクロの始末は明日にしよう」

と、その夜は寝てしまった。

その翌朝、大屋造は読経の声で目を覚ました。カカァも同じく、体をブルッと震わせて飛び起きた。なんと、昨夜、始末したはずの上人の部屋からだ。

「なんでや……？」

大屋造は、ダダーッ、と奥の部屋に飛んでいき、ガラリ、と引き戸を開けた。すると、殺したはずの僧が部屋の中ほどに座し、小さな地蔵菩薩像に向かってしきりに経文をあげている。

「やい坊主、往生際の悪いヤツよ。浮かばれずに迷い出おったなッ」

大屋造は大声で怒鳴りつけた。すると、

「ご冗談を……」、上人はカラカラと笑い飛ばす。

その時、大屋造の目に異様な光景が飛び込んだ。

「うおッ！」

と叫んで後《あと》ずさった。

僧が経をささげる地蔵菩薩像のその首筋に、深い斬りキズがあるではないか。まぎれもなく作夜、鎌先で掻き切った、その傷跡である。

「もったいなくも身代わりになってくださったのじゃ」

上人は、そう告げると、その地蔵菩薩像を押し頂いた。

これを見た大屋造は、その僧が名高い梅誉上人と知り、山賊として暮らした前非《ぜんぴ》を悔《く》いて上人の弟子となり、この地蔵菩薩像に深く帰依《きえ》した。

この地蔵菩薩像は今に、「小童《こっぱ》地蔵」とも呼ばれ、「身代わりの地蔵」として信仰を集めている。

矢杉

天正《てんしょう》元年（一五七三）四月十一日。

「お館《やかた》さまの命《めい》じゃ。全山《ぜんざん》、ことごとく焼き討ちにいたせッ」

織田信長《おだのぶなが》の命を受けた猛将・柴田勝家《しばたかついえ》は百済寺《ひゃくさい》注1を囲んで待機《たいき》する将兵《しょうへい》に檄《げき》を飛ばした。たちまち「ウオーッ」と、周囲をゆるがすトキの声があがる。山裾《すそ》をとり囲む将兵たちは、ザザッー、ザクッ、ザクッ、ミシッ、パキッと半そく注2で山腹《さんぷく》や参道《さんどう》を掻き、身を低くして進軍した。

その不気味《ぶきみ》な足音《あしおと》を立てて進軍する兵の一人に、「猿《ましら》の才蔵《さいぞう》」がいた。子どもの頃より山野に親しみ、小柄ながら頑強《がんきょう》な体躯《たいく》と猿《さる》のような俊敏《しゅんびん》さを身につけ、狩弓《かりゆみ》の技《わざ》に秀《ひ》でていた。十五間（約三十メートル）ばかり向うの木に吊るしならべた永楽《えいらく》銭を、一矢も外さず射抜けた。

才蔵はその俊敏さと腕前を見込まれ、柴田勝家に弓矢組の兵卒に取り立てられていた。そしてもう一つ、才蔵に課された重要な役目があった。それは敵陣の様子を探るスッパ[注3]としての働きだった。幾度も重要な情報を取って敵の作戦の先を封じ、柴田勝家の手柄《てがら》に貢献《こうけん》してきた。

今回の百済寺焼き討ちも、才蔵のスッパとしての働きで得た情報によって決行された進攻であった。その情報とは、次のようなモノだった。

百済寺は、聖徳太子《しょうとくたいし》が百済国《くだらのくに》の「龍雲寺《りゅううんじ》」を模して創建された天台宗の古刹である。天下布武《てんかふぶ》を掲げて近江平定を念願とする織田信長も、この百済寺を一生の祈願寺と定めて深く帰依《きえ》していた。ところが、こともあろうに百済寺は、信長に背《そむ》いて、近江平定に対し頑強に抵抗する近江守護・佐々木《ささき》六角《ろっかく》承禎《しょうてい》、義治《よしはる》親子が立て籠《こ》もる鯰江《なまずえ》城に兵糧《ひょうろう》を送り、城の女、子どもたちを寺の一室に匿《かくま》っていた。しかも百済寺は、鯰江城の重臣・森備前守《もりびぜんのかみ》の一子を南谷光浄院に、城主・鯰江貞景《さだかげ》の弟を南谷鯰江堂の院主にして僧兵・宗教一揆を操《あやつ》り、寺に宿泊して鯰江城攻めの軍議を重ねていた信長軍の動向をさぐっていたのだった。

それをスッパとして才蔵があばいた。

その報告に信長が烈火《れっか》のごとく怒《いか》ったのはいうまでもない。

こうして百済寺焼き討ちの火蓋《ひぶた》は切られた。

「それ、射かけよッ、討《う》ちかかれッ」

鋭い号令が山中に轟き、敵味方の将兵の鯨波《とき》の声に混じって、鋼鉄《こうてつ》が相食《あいは》む激突音が沸き起った。

「おい、才蔵よ。いよいよ始まったのォ」

才蔵の左下で山腹を伏し進む同僚の兵が、呻《うめ》くように言った。

「おう、そのようじゃ」

才蔵は返事して、前方の木々の間を睨《にら》みつけた。その行く手には五ノ谷川が遮《さえぎ》り、そこには極楽橋《ごくらくばし》がかかっている。今回の戦で才蔵は、「その橋を渡って正面の参道から攻め込め」との命《めい》を受けていた。ところが、

「何なあー、極楽橋を渡っての人殺しかい」

どうしたことか才蔵は、今回の焼き討ちに限り、妙に胸騒《むなさわ》ぎを覚えてならなかった。寺は三百坊はおろか、千坊近くあると言われる大寺院で、僧兵もいた。但し、それは広大な寺域の規律を守る警備集団で戦歴は乏しく、大した戦力にはなっていなかった。それにひきかえ織田軍は、佐久間信盛《さくまのぶもり》、蒲生賢秀《がもうかたひで》、丹波《にわ》長秀《ながひで》、柴田勝家などの豪将が率いる戦歴豊富なプロの軍団である。まさに大人の集団と、子どもの戦いだった。才蔵にはそのことが、胸にひっかかって仕方

がないのと、どうも嫌な予感がする。

それでも才蔵は自らを鼓舞《こぶ》して、警戒をおこたらず極楽橋に迫った。そして、背の矢筒から矢を取り出し、矢尻の溝を半弓の弦《つる》に掛けて、ジリ、ジリと山腹を登った。すると、三十間（約五十五メートル）ばかり向うの五ノ谷川の岸にそびえる大杉の陰に、十数名の僧が仏像《ぶつぞう》のようなものを担いで走っていくのが、見えた。

「ややッ、坊主どもが逃げるぞ！」

才蔵がそちらを指さすと、ただちに組頭は、

「ケッ、こしゃくな坊主めが！　あれは、この寺の本尊（十一面観音菩薩）に違いなかろう。戦利品にして、我がお館《やかた》さま（織田信長）に献上しようぞ」

と命じた。才蔵たちは川岸を駆け登り、シダの群生を踏み潰して、逃走する僧の一団を追う。そして杉林に囲まれた一角で、その一団を包囲した。

と、その時である。

その一団の中の一人の僧が、大声で叫んだ。

「ご本尊の御前を妨《さまた》げるのか！　おろか者めらがッ。仏罰《ぶつばつ》じゃ、仏罰を受けようぞ。そこをどけい。ええーい、どかぬかッ」

百済寺の高僧・尊海《そんかい》と弟子の尊覚《そんかく》たちであった。

だが、柴田勝家旗下の将兵は、かの「比叡山焼き討ち」[注4]を体験した強者《つわもの》ばかりだ。

「仏罰など、何あろう」

と嘲《あざけ》って、矢を放ってきた。

ところが、その矢の勢いに僧の一団があわやと思われた刹那《せつな》、どこからともなく大量のネズミが現れた。そして勝家軍が打ちこんでくる矢を受け止めて、僧兵の陣へ運んで行くではないか。

「おおー!」と才蔵たちが目を見張ったその時、突然、ゴゴッーと大地がひと揺れし、風もないのに一本の大杉が、枝葉を大きくくねらせ始めた。

才蔵は、くわっ、と目を剥《む》いた。

仏罰の恐ろしさを知ったのは、その直後だった。

大杉の幹が大きく二つに裂けたかと思うと、大蛇の姿に変身して火炎のような舌をだし、才蔵たちを睨み付けてきた。そして、その大杉の葉は無数の矢となって、仏を守る僧の一団を取り囲む将兵たちに降り注いだのである。

「おお、ぶ、仏罰じゃ!」

「うおーッ！」

才蔵も将兵たちも絶叫し、一目散に、その場から退散した。

また、この奇怪な出来事は、その大杉だけにとどまらなかった。

寺の焼き討ちを果たした総大将の柴田勝家が、燃え盛る本堂を巡察していると、突然、火炎の中から怒《いか》れる仏が現れて、その玉眼で、クワッ、と睨みつけられた。

「うおーッ！　ふ、不動明王《ふどうみょうおう》じゃ」

さしもの猛将で知られた柴田勝家も大いに驚き、つき従う重臣らとともに、その場にひざまずいて合掌した。

この戦で柴田軍は、百済寺の全山をことごこく灰燼《かいじん》にし、僧はおろか、鯰江城から避難して匿まわれていた女、子どもに至るまで容赦なく虐殺《ぎゃくさつ》した。極楽橋が架かる五ノ谷川は、その血で真っ赤に染まったという。その柴田勝家も、矢杉に守られた、尊海、尊覚たちの手によって、大萩《おおはぎ》の「西ヶ峰・不動堂」にかくまわれた本尊の十一面観音菩薩までは、手を出さなかったと伝わっている。

後に、そのときの杉は「矢杉」と呼ばれて、人々の崇敬をあつめた。

そして猿《ましら》の才蔵は、百済寺の焼き討ちを終え、鯰江城落城に活躍したのち、それを最後に柴田家中を出奔《しゅっぽん》し、犠牲になった人々の供養をするため僧になり、諸国行脚《しょこくあんぎゃ》の旅をおくったといわれている。

その後、織田信長は明智光秀の謀反により、燃え盛る京都の本能寺で自害。柴田勝家も信長の後を追うように、羽柴秀吉（豊臣秀吉）の軍勢に攻め立てられて、燃える越前北ノ庄城《えちぜんきたのしょう》で自害して果てたことは、周知の通りである。これも百済寺を「焼き討ちにした仏罰じゃ」と、東近江では今に言い伝えている。

また、この逸話に付随して次のようなハナシが伝わっている。

本堂に通じる参道の赤門のそばに、勝家軍の矢を受け止めたネズミを祀った「ネズミの宮」とよばれる祠や、大杉が変じた大蛇を封じこめたといわれる「大蛇封じの井戸」がある。この井戸に被せられている大きな二枚の板石は、五ノ谷川にかかっていた極楽橋の橋板かもしれない、とのこと。また、この井戸は信長に攻め込まれる直前に寺の財宝を隠したとのウワサがあり、「ここは、どんなことがあっても触るな。触ると仏罰が当たる」と、代々の住職によって言い伝えられてきた。

注1・百済寺

湖東三山のひとつで、推古十四年（六〇六）に聖徳太子の勅願で高句麗の僧・恵慈《えじ》と百済の僧・道欽《どうきん》を招いて百済《くだら》の龍雲寺を模して創建されたと伝えられている。この湖東一帯は、渡来人の秦氏一族が住み繁栄した土地で「渡来人の里」とも言われ、寺名が物語るように、これら一族が建立したものと見るのが妥当だとされている。百済寺の最初のご本尊は渡来人がもちこんだ一寸八分の小さな持仏であったが、人々の信仰が集まるにつれて大きなご本尊になり、寺領もだんだん大きくなって平安時代に天台宗になり、鎌倉時代から室町時代の最盛期には僧坊三百坊、寺域内に千三百人が住んでいたと言われる。七間四面の本堂、五重塔婆、常行三昧堂、阿弥陀堂、太子殿、二階堂、大聖院、五大力堂、愛染堂、長徳殿、三所神殿、鐘楼、経蔵、楼門、回廊、東谷に薬師堂、南谷に阿弥陀堂、閻魔堂、光浄院、鯰江堂、西谷に曼荼羅堂、北谷に地蔵堂、西大門に日吉十禅師、東大門に八幡白髭社、不動堂、北坂に大行事社など、山奥の大萩には不動明王堂、旧の湖東町の読合堂村、僧坊村にまで至り、一説には千坊もの大寺院であったという。

室町時代後期の明応七年（一四九八）に建物のすべてが失火で焼失。さらに、五年後の文亀三年（一五〇三）、再建途中に応仁の乱から始まった戦乱で諸堂のほか門前町の民家までが焼失した。さらに天正元年（一五七三）織田信長の焼き打ちにあい、全山すべてが焼失している。江戸時代に入り天海大僧正の高弟・亮算《りょうさん》が住職になり、彦根藩主・井伊直孝や甲良豊後守宗廣らの援助で復興、現在の本堂や仁王門などが整った。ところが、その後の元文元年（一七三六）にも、失火で焼失している。現在、本坊の喜見院の天下遠望の庭園は、池泉回遊式で樹木の中に変化に富んだ石組みの閑雅な庭である。ここからの湖東平野の眺めは湖東三山随一と言われている。

注2・半そく

通常の半分の草履で、行軍や山岳戦での機能性がよく、当時の将兵たちの必須の携帯道具の一つ。

注3・スッパ

「素っ破」や「透っ波」と書き、戦国時代に間諜をつかさどるスパイのこと。後に、忍びの者、忍者とも呼ぶ。

注4・叡山焼き討ち

織田信長により元亀二年(一五七一)九月十二日に行われた焼き討ち。僧侶、学僧、上人、児童の首をことごとく刎ねたと言われている。信長はこの焼き討ちの直前、京都の吉田神社の神主、吉田兼和に「南都と北嶺を焼いた者に祟りはあるのか」と聞いた。兼和が「そのような例はありません」と答えると、信長はホッとしたという。叡山は信長によって跡形も無く焼かれたと言うのが通説だが、興福寺の多聞院主・英俊の日記に「延暦寺は荒廃していて根本中堂に灯明が二、三個ついているのみ」とあり、信長が叡山攻めを行った時にはそれほど建物は建っていなかったのではないかとも考えられている。昭和五十一年から始まった滋賀県教育委員会による発掘調査でも大規模な火災の痕は発見できなかったという。

弁天古墳

勝堂《しょうどう》村には今に、八ヶ所の古墳《こふん》[注1]が残る。

その古墳の一つ弁天《べんてん》塚古墳には、次のような逸話が伝えられている。

いつの頃からか、村長《むらおさ》の屋敷内に弁天塚古墳を守る「弁天の社《やしろ》」が祀られるようになった。お社は代々の先祖が崇敬《すうけい》し、引き継いできたもの。現当主の村長・藤兵衛《とうべえ》も先祖にならい、「子孫繁栄《しそんはんえい》、家内繁盛《かないはんじょう》、勝運招福《しょううんしょうふく》、智彗招来《ちすいしょうらい》」の神として崇《あが》めていた。そのおかげか、長きに渡って村は平穏《へいおん》、家族や身内もみな、健やかな生活《くらし》を得てきたはずだったのだが……


ある年の初秋の、ある日のこと。

鍬《くわ》を担《かつ》いだ藤兵衛が、あぜ道から、

「おう、りっぱに稲穂《いなほ》も出揃《でそろ》い、今年も豊作まちがいなしじゃ、有り難いことよ」

と、笑みを浮かべながら自分の田畑を眺めていると、にわかに空が掻き曇り、赤子の握りこぶしくらいの雹《ひょう》が、バリッ、バリッ、と降ってきた。せっかく出揃いだした稲穂も、里芋《さといも》の大きな葉っぱも、ボロボロになっていく。

「ありゃりゃ！　これは、どえらいことになった」

如何《どう》することもできない藤兵衛は、全身を雹に打たれながら慌てて屋敷に駆け戻った。ところが、雹が降ったのは自分の田畑の周囲だけで、我家に帰りついた頃には空は元通り、雲ひとひらもない青空に戻っていた。

「なんじゃい、けったいな天気やな！」

藤兵衛はボヤクことしきり。

それをきっかけに、たびたび藤兵衛のまわりにちょっとした不幸が訪れるようになった。使い慣れた高枕が朝になると、片方の歯が折れて寝ちがいを起こす。朝粥《あさがゆ》をよそった茶碗が、突然、ひび割れして着物の膝元を汚した。風呂へ入って、糠袋《ぬかぶくろ》で体をこすりあげていると、ドバッ、と袋の底が抜けて糠まみれになってしまった。

どういうわけか藤兵衛の朝夕の飯ばかりに小石が紛れていて、「なんでわしに石飯を食わすのじゃ」と、今日《こんにち》までしたことのない夫婦喧嘩《めおとげんか》に発展した。茶を沸かそうと、オクドに薪《たきぎ》をくべたら灰かぶり猫が飛び出してきて、藤兵衛は顔をひっかかれた。厠《かわや》へ行くと、踏み板を外《はず》してクソまみれになったなど、大きな災難というわけではないが、やることなすことにケチがつくことばかり。

それが毎日つづくのだから、

「うーん、どうもなんかヘンや?」

藤兵衛は気分が滅入《めい》る。

やがて、そのちょっとした不幸はどういうわけか、村長の藤兵衛だけでなく、身内縁者《みうちえんじゃ》や村人らにも広がっていった。

ある家では、卒中《そっちゅう》で寝たきりだった爺《じい》さんが急に寝床から起き出して、息子の嫁に抱きついたとか、夜中に天井裏から琵琶《びわ》の音《ね》が聞こえてきたかと思うと、ぐっすり眠っていたカカァと娘が突然、寝床からとび出して踊りだしたとか、天候不順でもないのに畑の作物の生育が、ピタッと止まったとか、夕方に帰ってきた父っつあんが家の表戸がわからず、屋敷の周囲をぐるぐる回っていたとか、とにかく村長の藤兵衛の元へは毎日、ありがたくない奇妙《きみょう》な出来事の相談を持ち込む親類や、村人が後を絶たなくなった。

その日も、隣村に嫁いだ藤兵衛の娘が孫娘を連れて、実家に顔を出した。嫁ぎ先でなにかがあったのか、うかぬ顔をしている。

「はて、どないしたんやろかい？　さては夫婦ゲンカでもして、腹立ち紛《まぎ》れに家を飛び出してきよったんかいな！」

藤兵衛はカカァと顔を見合わせた。ところが娘と孫娘は、つかつかと居間に上がって来て、いきなり、藤兵衛の前にひざまずき、

「あのな、お父さん。わたしとこの子の夢枕に、毎晩のようにヘンてこな格好をした女の人があらわれて、『おまえの実家を七代に渡って見守ってきたが、そろそろもとに帰りたい、帰りたい』と言うのや。不思議で、不思議でならんのやが、なんぞ、心当たりはあらへんか？」

藤兵衛とカカァは、あまりにもとっぴなハナシに、顔を見合わせ、

「うーん、心当たりはないがぁー」

と首をひねった。

その夜のこと。

藤兵衛は夕食をすますといつになく、眠気が襲って、早いめに寝床に入った。

ここちよい睡魔《すいま》が藤兵衛を包む、と、その時だった。

藤兵衛の枕辺に、ふぅーっ、と琵琶《びわ》を抱き、唐風《からふう》の衣裳をつけた福よかな面《おも》

立《だ》ちをした女がたった。慌てて起き上がろうとしたが、金縛りにあったのか、体が動かない。叫び声をあげようにも、口が微動だにしない。

ただ、耳と目だけが常にも増して敏感になっていた。

女は軽く会釈し、笑みを浮かべ、

「吾《われ》は、そなたの屋敷にある『弁天の社』に勧進されたミコである。七代に渡って村やそなたの家系を守護してきたが、吾のハレの気[注2]もすでに弱り、ケの邪気[注3]を抑えきれなくなってきた。弁天塚古墳へ戻してはくれぬか。帰りたい」

と告げた。

そして藤兵衛を見おろしながら恥じ入るように目を細め、

「弁天塚古墳の主は吾が夫。しばし夫のもとに帰り、夫婦《めおと》の情を契りますれば吾がハレの気も回復いたします。さすればこれより七代のちまで、そなたの一族とこの村を邪気からお守りいたしましょうぞ」

と懇願《こんがん》して、すーっと姿が消えた。

翌朝、藤兵衛は、夜が明けるのを待ち、代々大切に屋敷内にお祀りしてきた祭神を祠から出して、弁天塚古墳にお帰《もどし》した。

すると、それ以後、災いはまったくなくなった。

また、この弁天古墳に繁茂した木を伐《き》っても災いがあるとも、この古墳に雨《あま》乞《ご》いをすれば慈雨《あめ》に恵まれるとも伝わり、近郷近在の村人はその戒めを厳守し、古墳は今も大切にお守りされている。

注1・八ヶ所の古墳

六世紀代に築造された八基の古墳群で、「弁天、狐塚、おから山、行者山、赤塚、北浦、他」の古墳を指す。渡来系氏族の秦氏によって作られたものとされ、江戸時代には五十基近くあったといわれる。このうち、赤塚古墳と弁天塚古墳の二基が昭和五十八年(一九八三)に県指定史跡となった。赤塚古墳は径三十二メートル、高さ五メートル、周濠を伴う円墳で、横穴式石室が開口している。隣接する弁天塚古墳は径二十メートル、高さ三メートル、こちらも周濠を伴う円墳で、埋葬施設については未調査のため不明。

注2・ハレの気

晴れ晴れとして、邪気を寄せ付けない活力がある気が漲る様子をいう。

注3・ケの邪気

ケはケガレ(穢れ)のことで、邪悪な気が蔓延する様子をいう。

抜け出した馬

ある夜のこと。

本堂の掃除を終えた百済《ひゃくさい》寺の小僧が、回廊を渡って庫裏《くり》に向かっていた。すると、深閑《しんかん》とした廊下伝いの参道から蹄《ひづめ》の音がする。

「ん? ウマかな……?」

ヘンなー(変やな)と、小僧は思いながらその夜は寝所に戻って寝た。

翌朝、小僧は、

「夜中の境内《けいだい》にウマなど居るはずがないが」

不審に思いながら、昨夜の様子を参道へうかがいに行くと、

「おおーッ やっぱりや!」

参道わきの草がきれいに喰《く》われている。しかも喰われた草の上には、てんてんと蹄《ひづめ》の跡が残っていた。

「あんな真夜中に、ウマはどっから来よったのやろうか?」

小僧は不思議に思っていた。すると、蹄の音はその夜も、次の夜もする。

「よっしゃ、きょうこそは、どんなウマが来よるのか、正体を見きわめてやろう」

気の強い小僧である。深夜の参道へ足を急かせた。すると、大きな黒馬と白馬が参道わきの草を食《は》んでいるではないか。

「おお! 二頭も……。明日、院主さんにどっから来よったのか、尋ねてみよう」

その夜、小僧は足音を忍ばせて寝所に戻った。

翌朝、小僧が院主に尋ねると、

「このあたりの村に黒い馬や白馬など飼っている家なんど聞いたことも、見たこともない。ほれに寺の山門は、夜中にはきちっとカンヌキがおろしてある。ほれやのに、どうして寺の境内にウマが入ってくるというのやい。どうせ寝とぼけて、鹿をウマと見間違えたのじゃ」

と、取り合ってもらえない。

ところがそれからも、その出来事は幾夜もつづいた。

「よーし、ほんならウマがどこからきよるのか、あとをつけて確かめよう」

その夜、小僧は木陰に隠れて、馬が草を食い終わるのをじーっと待った。どのくらい時が経っただろうか。やがて二頭の馬は鼻先を振りながら本堂の方へ歩きだした。そして、馬は本堂の裏で、夜陰にまぎれるように、ふっと消えた。

「あそこあたりがウマの寝ぐらや　明日、明るくなったら確かめよう」

小僧はそれだけ確認すると、寝所にもどった。

翌朝、小僧は昨夜、馬を見失ったところへ走って行った。ところが、馬の姿はおろか、それらしい気配《けはい》さえない。

「おかしいな。何でや？」

小僧は納得いかない。それならと、寺の用事を早めに済ませ、夕方から木の陰に潜んで、ずーっと本堂を見張ることにした。

すると、夜ふけになって、本堂の通用口から蹄の音がしだした。

「おッ！」

小僧が身をひそめていると、出てきた二頭は、参道へ下っていく。

「どーも、ウマの寝ぐらは本堂のようや。それにしても朝晩《あさばん》、掃除をしているのに、それに気付かないとはなーぁ……？」

何でかいな？　と思いながら小僧は、本堂に入った。もちろん本堂には、それらしい気配などまったくない。

「ふしぎや?」

きょろきょろとあたりを見渡していると、本堂の鴨居《かもい》に掲《かか》げられた二面の絵馬が目にとびこんだ。

「ヒェ! ウ、ウマが……」

その絵馬から馬の姿が、すっぽりと抜け落ちているではないか!

この絵馬は横九十センチ、縦百二十センチの二面で構成され、天正《てんしょう》十七年(一五八九)「奉十一面観音御前、下山本松屋」の銘《めい》があり、それぞれに黒馬と白馬が描かれて奉納されている。

その絵馬から、馬は夜な夜な抜け出していたのだ。

「たッ、大変や! い、院主さんにお知らせをせにゃ」

小僧は院主の寝所へ飛んで行った。

「い、院主さん。本堂の絵馬が……」

院主は寝入りばなを小僧にたたき起こされて、

「ばかもん! こんな真夜中にウマがどないしたと言うのやいッ」

少々不機嫌、小僧をどなりつけた。

「本堂の絵馬のウマがおりませんのや」

「たわけめ！　バカな寝言をいうのも、エエかげんにせェ」

「本当《ほんま》です。本堂の絵馬のウマがおりませんのや、早よう、見にきてくだはい」

小僧は無理やり、院主を本堂へ引っ張って行った。

院主と小僧が本堂に飛び込むと、今まさに、黒馬と白馬がそれぞれの絵馬へ片足を入れようとするところだった。

「おー、おぉ！」

驚くふたりの目の前で、瞬時に、二頭は絵馬の図柄に収まった。

「これはあかん。ウマが絵馬から抜けださんようにせな」

院主はさっそく絵師を呼び、画面の中に杭《くい》を描《か》き、それに手綱をしっかりと縛りつける絵柄に描き直させた。すると、白馬はおとなしく縛られたが、黒馬は縛られるのを嫌がって両後足を跳ねあげ、首をぐっと下に曲げて手綱を力強くビーンと引っ張ったという。

その逞《たくま》しい筆勢は、絵馬を見る者に感動を呼び起こさせる迫力がある。なお、白馬は晴請祈願を、黒馬は雨請祈願をして奉納されたものだと言われている。

この絵馬は昭和の初めに、本堂から書院の鴨居に移された。現在、滋賀県指定

の文化財になっている。

おーい、お茶

東近江は、近江商人発祥の地があることで知られている。

幼少の頃より、お店に丁稚奉公《でっちぼうこう》注1をして商売の基礎を学び、それを身につければ天秤棒《てんびんぼう》に荷をつるして諸国を巡る。創意工夫して自分の販路と得意客を開拓しながら行く先々で商《あきな》いを展開していく。販売した代金を元手にまた、その土地の産物を仕入れて次の商圏へと足を急かす。これが「振り売り」という商いの仕方で、近江商人の基本だった。

著者が聞いた話には、「十両を元手に天秤棒一本で振り売りに出、諸国を巡って帰郷した時には千両の商いが成立していた」というものまであった。これが「千両天秤」注2のいわれだと思われる。

そうして長《ちょう》ずれば念願の店を持ち、東近江を本店の地として京、大坂、江戸などへと支店網を拡大、「商い繁盛、人間育成、相互扶助」を基本理念に、今に至るまで多くの大商人を生み育ててきた。

そういった大商人には商売の理念や人生訓があり、彼らの人柄をうかがわせる日常のエピソードがこれまた、多く残る。


そのひとりに、幕末《ばくまつ》の豪商・横田徳右衛門《よこたとくうえもん》がいた。

文化《ぶんか》七年（一八一〇）七月七日に江州《ごうしゅう》平松村（現・東近江市平松町）に生まれた徳右衛門は、幼名を伊三郎（猪之助）といった。家は貧しく、八歳の時に近江八幡の商家・鐵屋伊兵衛《くろがねやいべえ》に丁稚奉公に入った。だが翌年、当時流行した疱瘡《ほうそう》を患って帰郷。一年間の療養の後、上州《じょうしゅう》（現・群馬県）の木崎家に奉公に出る。五年間奉公したが、母の病が重く帰郷、その治療費で家計は窮迫《きゅうはく》し、破産の憂き目を味わう。

徳右衛門はこの窮境《きゅうきょう》に耐え、なんとしても奮起して己が身を起こす大志を胸に秘め、二十二歳の時に犬上群河瀬庄八丁の油屋六右衛門に日雇い奉公に出る。ほどなくその商才を見込まれ、ひと月に五日のヒマを許されて「油伊《あぶらい》」と名のり、主家の油を行商するようになった。

そうして二年間で七両三分二朱（約百万円）の富積《とみつみ》を得ると、仏具と蚊帳《かや》を仕入れて東海道を販路に伊勢、三河、遠江《とうとうみ》を行商し、三年後に十八両の資金を蓄積。その頃から駿府《すんぷ》（現・静岡県）の旅籠・田丸屋兵衛を定宿に、小間物・太物《ふともの》の行商に転じてお得意客や商圏の拡大に心血をそそぎ、やがて東海道で一、二を競う大商人になった、近江商人の鑑《かがみ》のような人物である。

この徳右衛門を知れば知るほど、著者はその商魂と商才に感心させられるが、人間徳右衛門としての一面もまた、見逃せない魅力である。

徳右衛門がいよいよ大商人への一歩をしるそうかという頃、平松村の屋敷に一人の物乞《ものご》いが現れた。女中の一人が急ぎ、居間で次の商いを練《ね》っている徳右衛門のところへやって来て、

「旦那さま、洋傘《ようがさ》をもった物乞《ものご》いがきておりますが、いかほど恵んでやればよろしいでしょうか？」

と尋ねた。

徳右衛門は苦労《くろう》と苦心《くしん》を積み重ねて大商人になった人物であるだけに情けに厚く、村や社寺《しゃじ》に寄付《きふ》を絶やさず、暮らしに困った人にはその生活を援助することしばしばであった。村人はみな、「仏《ほとけ》の徳右衛門さん」と呼んで、慕っていた。

ところが、女中がそう告げた途端に、徳右衛門の穏やかな顔が急変し、眉間《みけん》

に縦《たて》ジワを刻み、こめかみに青筋立《あおすじた》てて、もの凄《すご》い目で女中を見た。

「なにッ、物乞いが洋傘を持っておるやと。そんな奴にビタ一文たりと施してやる必要はない。追い払えッ！」

と、大そうな剣幕で女中に命じたという。現代では百円ショップででも買える洋傘だが、当時は、一般人がたやすく持つことができないほど大変な贅沢品《ぜいたくひん》であった。その傘はどこかで拾《ひろ》ってきたのか、それとも貰《もら》ってきたのであろうか。それでも徳右衛門にすれば「贅沢品である」と許せなかったのだろう。

このエピソードが語るように、徳右衛門は生涯、贅沢を嫌った。丁稚や女中が食事で残した皿に残った醤油の一滴をも集めて、次の煮炊きに使用させたほど、贅沢を許さなかった人物だった。

また、次のエピソードは、徳右衛門の指導者としての一面が見られて興味深い。記帳机《きちょうつくえ》で帳簿《ちょうぼ》に目を通していた徳右衛門が、咽喉《のど》の渇《かわ》きを覚《おぼ》え、

「おーい、お茶をくれ」

と丁稚を呼んだ。

すぐに丁稚がやって来て、

「気が付きませんで申し訳ございません。すぐにご用意をさいて（させて）い

ただきます」

丁寧に頭をさげ、奥にさがって急ぎ女中を伴って茶を運んできた。

徳右衛門は二人を記帳机の前に座らせて、その茶を旨そうに啜《すす》ると、

「『おーい、お茶』と言われてから茶を持ってくるようでは、商人としては失格やぞ。まことの商人になりたければ、いまお客さまが何を望んでおられるかを、誰よりも先に察するのが大事な心得や。欲しいと言われてからでは、商機《しょうき》を失《いっ》したということになるのじゃぞ。むかし、羽柴秀吉（豊臣秀吉）公という、えらいお殿さんが長浜城主であられたころのことや。鷹狩の途中、領地の観音寺（米原市朝日町）に立ち寄られた。汗をかかれた秀吉公を迎えたその寺の小僧（のちの石田三成）が『さぞ喉を乾かされておられることだろう』と、大きな茶碗にぬるめの茶を持ってきた。それを一気に飲まれた秀吉公が、もう一杯茶を頼むと、小僧は先ほどよりすこし熱くした茶を茶碗に半分ほど入れてもってきた。小僧のこの茶の入れ方に興味を持たれた秀吉公が、さらに一杯所望されたところ、今度は、小さな茶碗に熱くて濃い茶を入れて持ってきたのじゃ。秀吉公は、『うまい茶じゃ』と満足され、茶の入れ方法《かた》にも気を配る小僧を家来に召し抱え、石田三成と名のらせ、後に秀吉公の五奉行の一人にしたということや。この逸

話は今に『三献《さんこん》の茶』として語り継がれているが、三成公を商売人に見立てれば、商売のコツがそこにあるというものじゃぞ。わかったか」

そして女中には、

「やがては嫁ぐであろうから、その嫁ぎ先のしゅうとさんや、ご亭主に尽くすコツも、そこにあるのやぞ」

と、奉公人たちに商道はもちろんのこと、日常の躾《しつけ》にも心を配った。

そうした心配りが近郷近在に知れ渡り、村の男子は人の道を、少女はやがて嫁ぐ婚家で尽くす行儀作法や、家族をいつくしむ道を教わりたいと、徳右衛門家を訪問する者がひっきりなしであったという。

嘉永元年《かえいがん》（一八四八）、徳右衛門が三十九歳の時には彦根藩に百両を献納し、翌年に賜杯を受け、苗字帯刀を許された。

この頃のエピソードを一つ紹介しよう。徳右衛門の豪気《ごうぎ》な性格が伺《うかが》えてまた、楽しい。新撰組の隊士が横田徳右衛門家に来て、

「われらは京を守護する新撰組だ。本来ならば京都の有事には、彦根藩が守護職に就くことになっている。ところが彦根藩主の直弼《なおすけ》公が暗殺されたのち、家

督を継がれた十三歳の直憲《なおのり》公ではその荷が重い。ゆえに会津の松平容保《まつだいらかたもり》公が京の守護職におなりになった。そしてわれわれ浪士組（新撰組）が会津藩預かりとなって京の治安に努め、お上（徳川慶喜）に刃向かう者や、朝敵《ちょうてき》の排除に苦心している。したがって、その資金として千五百両を献金してもらいたい。もし彦根藩が京の守護職になっておれば、その程度ではとても済まぬぞ」

と強要してきた。徳右衛門は世の移り変わりを鋭く察知する近江商人である。日本一の豪商といわれる鴻池でさえ新撰組に利息を取って、しかも二百両しか貸し付けていない。世はまさに崩壊寸前の徳川幕府である。その徳川方の新撰組に資金を渡せば、いたずらに日本国中の争いを引き延ばすだけである。ゆえに徳右衛門は、どのように脅《おど》されても一歩も引かず、それを拒否して、

「彦根藩の身代りになってもらった、その感謝に」

と証文もなく三百両（現在の価値で約千五百万円）を渡したという。

ところが、維新後、徳右衛門は新政府に「貧民救済目的《ひんみんきゅうさいもくてき》」と指定して、以前、新撰組の隊士に拒否した残りの千二百両を献金した。そしてなお、明治二年には新政府の大津役所に一千両を献納した。

徳右衛門は幕府解体後、財力と商才を認められ民部省通商局諸商社組立《みんぶしょうつうしょうきょくしょしょうしゃくみたて》

方《がた》の職に任ぜられ、明治五年犬上県より庶務課勧業係を拝命《はいめい》、行政の経済的部門において、その見識を役立てた。そして、明治二十三年（一八九〇）十月一日、八十一歳で天寿《てんじゅ》をまっとうした。

注1・丁稚奉公

十歳前後で商店に住み込んで使い走りや雑役、商品蔵への品物の出し入れ等の力仕事、また店頭での客の呼び込み等をし、番頭や手代から礼儀作法や商人としての「いろは」を徹底的に叩き込まれる。一日の仕事を終えた閉店後には読み書きや算盤を教わる。こうして丁稚から手代までおおむね十年、三十歳前後で番頭となり主人の代理として店向きの差配や仕入方、出納や帳簿の整理、集会等の参列など支配人としての重要な業務を任されるようになる。江戸期、三井家の場合、暖簾分け（独立営業）まで到達できるのは三百人に一人ぐらいであったという。

注2・千両

千両を現在の価値に換算すれば江戸初期~中期頃で約一億円、後期では八千万円、幕末には五千万円となる。ただしこの換算方法は、当時の米価や職人の手間賃で換算する方法が使用されており、換算金額にはかなり幅がある。

蛇溝

「ぎゃぁぁー」

深夜の里に、悲鳴があがる。

ズシン、バキバキ、ドドッー
戸が破られ、柱が折れて、たちまち家屋の崩れる音に変わった。やがて瓦礫《がれき》を押しのける音にまじって、ズズズ、ズルズルと地面を巨大なものが這う音がしだした。

「ヒィィー、いやじゃぁー。お父《と》う、お母《か》ぁ、助けてッ!」

娘の絶叫が里中《さとじゅう》に響いた。

「お願いや、娘をかえしてくれぇー。後生《ごしょう》じゃー」

何者かに娘が攫《さら》われたようだ。両親が娘を攫っていく怪物の後をパタパタパタと追っていく。ところが、やがて、その足音もピタッと止み、里中は物音一つしなくなった。

　こんな出来事にも、隣家の常吉《つねよし》は震えあがるだけで、どうすることもできぬ。耳をふさいでその場に縮《ちぢ》こまって、事の収まるのを待つばかり。むしろ、「今宵は我が家は助かった」と、ホッと胸をなでおろすしかない。

「じゃが、いつなんどき、我が家も襲われるやもしれん……」

　常吉は怯《おび》える一人娘を抱きすくめながら、ホゾの腰にしがみついているカカァにつぶやいた。

　数日まえから体長五十尺（約十五メートル）もある大蛇《くちなわ》が、里の西方にある深い溝に姿を見せるようになり、深夜になると娘のいる家を襲っては攫《さら》うようになっていた。

「今宵で三軒めや。今頃、あの娘はもちろんのこと、追いかけて行った両親《おや》も無事ではすまんやろう。きっと絞め殺されたにちがいない。なんとかせんと、この里に娘のいる家は、一軒も無うなるぞ」

　常吉はその惨劇を想像しながら、身を震わせた。

　翌朝、常吉は里長《さとおさ》の屋敷へ走った。すでに屋敷には、青ざめた顔をした里人が押し寄せていた。

「何とかせんと、里は壊滅《かいめつ》じゃ」

「ウチにも娘がおるが、いつなんどき大蛇が襲ってきよるかと思うと、いてもたってもおられんが」

「どえらいことになったもんじゃ」

　里人は口々に訴える。

「なーに大蛇といえども生き物や。これだけの里人が総がかりで矢を放ち、大石を頭に叩きこめばきっと、退治でけると思います。みんなでなんとかしましょうな」

　里人たちは、みんなで大蛇を退治しようと、里長の決断を仰いだ。里長もこんな大難が村に生じるとは思ってもみなかっただけに、大蛇が現れるようになったこの数日間、一睡もできずにいたのか、目の下の隈《くま》が土《つち》気色に浮きだしていた。まるで死人のような顔色だ。やがて里長は、

「うむっ」

　と瞑目《めいもく》すると、腹が決まったのか、カッ、と目を見開いて、里人に命じた。

「よおーし、退治をしよう。大蛇は村はずれの溝の深みで大いびきで寝ておる

とのことや。みなで寝こみを襲えば、かならず退治できようぞ」

その頃、「大蛇に襲われて難儀をしている里がある」という噂を耳にした行《ぎょう》基《き》が、足を急かせてその里に向かっていた。

行基は百済（朝鮮半島）の王仁《わに》氏の血をひき、仏教が一般民衆への布教を禁じられていたこの時代にその禁を破り、畿内を中心に広く仏法の教えを説いたり、河川の改修や溜池の築堤等を指導し、人々に「今菩薩《いまぼさつ》」と篤く崇敬されている仏僧だった。

行基がその里境まで来た時のこと。

「ヒエー」

大勢の里人が半死半生の体《てい》で、こちらに向かって駆けてくるではないか。

「里長さーん、どないしなはった。大蛇退治は失敗だったのか」、行基が里長に尋ねるまでもない、しくじったのだ。

里長と里人たちはその場に、バタッ、と倒れ込み、

「あ、あの大蛇には弓矢も何も通じません。寝込みを襲うたまではよかったのですが、怒らせてしもうて、この有様です。里は廃墟も同然ですのや」

里長は両目に大粒の涙を溜め、泣訴する。他の里人も荒い息を吐きながら、身を震わせている。

ドドドッ、ドサッ、ボキ、グァシャーン。

里中では今も、家屋が破壊される音が轟き、時折、大蛇の頭や跳ね返る尻尾が見える。その恐ろしい様子に、

「あれほどの大蛇なれば、人力の及ぶものではない。拙僧が修得した菩薩の法力で退治するより他に策がなかろう」

行基は里人に告げ、進み出た。

「あなた方は、ここでお待ちなされ」

と言い置くなり、数珠をもみ、念仏を唱えながら里に入って行った。

常吉は、ハッ、と我にかえった。いかに菩薩と称えられる行基といえども、弓矢も通じぬ怪物に、たったひとりで立ち向かえるとは思えない。

「行基菩薩さまー、わたくしもお連れくだされー」

と叫んで、ダーッと駆け出し、行基のあとを追った。

だが、暴れ狂っている大蛇を目の当たりにすると、その恐怖に常吉は、全身

が硬直し、その場に立ち尽くしてしまった。だが、八つ当たりを繰り返すように暴れ狂う大蛇に向かって、行基がスタスタと歩み寄ったかと思うと、天をも裂きかねん大声で、

「これ大蛇よ、水神の使いを忘れ、里の娘の肉を喰らい、里人に難渋をかけるとは何という体たらく。仏法のもとに己が使命を省《かえり》みよ。南無菩薩、ええーいッ」

と激しく数珠をもみあげ、大喝した。

するとと、大蛇の荒くれが一瞬、ぴたりと止まり、ドサッ、と地に伏した。そして、その巨体から大水が、ド、ドッと溢れ出し、見る見るうちに大蛇は二尺（六十六センチ）ばかりの小蛇に萎《しぼ》んでしまった。

行基は、す早く、その頸根《くびね》をとり押さえて、

「以降、悪さをするでないぞ」

と言うなり、そばにあった大石に蛇を縄で繋いだ。

「ここに地蔵菩薩をお祀りすれば、再び災難は起こらないことでしょう」

村人は、行基の教えに従って、その場所に地蔵堂を建立した。そこは「長谷野地蔵」と呼ばれ、このお堂の前には「蛇繫石」が今にある。また、この地蔵は木の中心で拵えてあるため、「木中地蔵」ともいう。「雨乞、子安（安産）、

村内鎮護」の地蔵として信仰を集め、かっては縁日に草競馬や草相撲が催され、露店《ろてん》が軒を並べるほど賑わった。一月二十四日と八月二十四日の年二回、お堂が開扉されるが、とくに妊婦の参詣が多い。

この里は今に、蛇溝《へびみぞ》村と呼ばれている。

注1・行基

行基は奈良時代の僧。道場や寺を多く建てたのみならず、溜池十窪、溝と堀九筋、六ヶ所の架橋、困窮者のための布施屋九ヶ所等の設立など社会事業を各地で行った。和銅三年（七一〇）の平城遷都の頃、過酷な労働から役民たちの逃亡・流浪が頻発したが、そのうちの多くが行基のもとに集まり私度僧になった。霊亀三年（七十七）、朝廷より「小僧行基」と名指しでその布教活動を禁圧されるが、やがて民衆の圧倒的な支持を背景に、後に大僧正として聖武天皇により奈良の大仏（東大寺ほか）建立の実質上の責任者として招聘された。この功績により行基は東大寺の「四聖」の一人に数えられている。

鯰江おこほ

東近江鯰江《なまずえ》城下の妹村《いもと》に「おこぼ池」と呼ばれる沢《さわ》がある。いつの頃からか、この沢に、天女《てんにょ》伝説（当シリーズ第四集の『お千代みち』で紹介）が語られるようになった。その伝説を簡潔にまとめ紹介すると、次のようになる。

釣り好きの若き鯰江城主《じょうしゅ》がこの沢へ釣りに出かけると、美しい衣が池の畔の松の枝にかかっていた。

「おお、世に稀《まれ》な衣よ、家宝にしよう」

城主はそれに心を奪われ、魚籠《びく》にしまいこんで館に持ち帰る途中、沢の入り口でひとりの女に呼び止められた。

「美しい沢に魅せられ水浴びをしているうちに、松の枝に掛けておきました衣が無くなりました。もしやお見かけにはならなかったでしょうか？」

それがなければ天に戻ることができないのです、と女は涙を浮かべて尋ねた

が、城主は口にまかせて、

「うーん、そのようなモノは見なかったが、ここはわが領土ぞ。そのうちに誰ぞが見つけて館に届けてくれるであろう。それまで、わが館にとどまるがよい」

と女を館に誘い、衣は乳母《うば》に命じて館の破風《はふ》に隠させた。

やがて、ふたりは恋におち、夫婦になって、女は『おこほの方』と呼ばれるようになった。こうしてふたりは仲むつまじく暮らして、七年が過ぎた。その当時、夫婦になって七年目の七夕《たなばた》には、盛大な宴席を設ける風習があった。

その夜の宴席で、披露《ひろう》された乳母《うば》の唄、

〝ねんねんころり、ねんころり。

熟寝《うまい》する子は賢《さか》しい子。

賢しい子には、お宝あげる。

お宝屋根の破風の中……〟

によって、おこほの方はなくした衣の在《あ》りかを知り、それをまとって天に戻ってしまったという。

この伝説は若き城主と美しい天女の悲恋を語り継いだものだが、実はこの話の奥には、時の関白《かんぱく》と、この地で生まれ育った姫「おこほの方」との悲しい恋の実話が隠されているというのは、あまり知られていないようである。

世は戦国の末期。

今に「殺生《せっしょう》関白」として悪名を残す豊臣秀次《とよとみひでつぐ》のもとへ、側室《そくしつ》として輿入《こしい》れしてきた姫があった。秀次が近江八幡《おうみはちまん》城主[注1]であった頃に見知っていた東近江鯰江の領主、鯰江才之助《さいのすけ》の姫で名は「おこほ」と言い、歳は十六歳。童女《どうじょ》の面影が残る見目麗《みめうるわ》しく、儒教《じゅきょう》に長《た》け、人に聞こえた才女《さいじょ》であった。

時の天下人・豊臣秀吉《ひでよし》がそうであったように、関白を引き継いだ秀次にも正室の他に、各諸大名や家臣から輿入れした多くの側室がいた。その中でも、おこほの方に対する秀次の寵愛《ちょうあい》ぶりは顕著《けんちょ》で仲むつまじく、二人ですごしている時の面影に、秀次の不満な顔は一度もなかったと後世に伝えている。秀吉から賜った聚楽第《じゅらくだい》での二人の生活は、まさに花のごときであった。

ところが、秀吉とその側室・淀殿《よどどの》との間に「お拾《ひろ》い（後の豊臣秀頼《ひでより》）」が生まれると、その花のような生活がたちまち、地獄《じごく》の毎日に変貌《へんぼう》していった。秀吉の我子への可愛がりようは尋常《じんじょう》ではない。

そうこうする内に、

「おのが地位を守ろうとする秀次殿が毎夜、側近たちと組し、お拾いさまのお命を縮めようと呪詛《じゅそ》しているらしい」

実《まこと》しやかな噂《うわさ》が聚楽第の殿中《でんちゅう》のみならず、都人の口にまでのぼるようになった。秀次の側近や室たちは気が気でない。その噂は伏見《ふしみ》城に隠居《いんきょ》している秀吉や淀殿《よどどの》の耳に達するのも時間の問題だった。

やがて事態は緊迫《きんぱく》の度を高めに、高めた。

悪いことに、その頃から秀次の行状について、

「鉄砲の稽古と称して、田畑で働く農民を撃ち殺した」

「妊娠《にんしん》した不義《ふぎ》の噂のある側室の腹を割って、胎児《たいじ》の顔を確かめた」

「殺生禁断《せっしょうきんだん》の比叡山《ひえいざん》で、平然と狩りを行い、鳥や動物の肉を煮て食った」

「千人斬《せんにんぎ》りと称して、盲目《もうもく》のモノまでも辻斬《つじぎ》りした」

など、残忍非道な噂が広がっていた。

「このような根も葉もない噂を流す者を、成敗してくれよう」

秀次にすれば気が晴れるはずがない。おもわず家臣や側室に、きつくあたることもたびたびだった。秀次の心が落ち着けるのは、おこほと過ごす日々《ひび》のみであった。

「秀吉さまは、関白殿下の叔父上《おじうえ》さまです。いくら我子《わがこ》ができたからといって、甥子《おいこ》が憎かろうはずがござりませぬ。必ず殿下の身が立つようにお計《はか》らいくださりますするゆえ、自ら墓穴《ぼけつ》を掘るような行状《ぎょうじょう》だけは、お慎《つつし》みくださりませ」

おこほの方は閨《ねや》をともにする度に秀次を諭した。常なら、「女の口出すことではない」と一括《いっかつ》されるところだが、

「わかっておるに、もう言うな」

と、秀次は子どものように、おこほに甘えた。だが、その殊勝《しゅしょう》な気持ちも、ほんの数日のこと。またも荒れた生活でうさを晴らすばかりであった。

そんなとき、秀次が最も心をかけていた家臣のひとりの蒲生氏郷《がもううじさと》が死去し、提出されたその目録に不正がみつかった。秀吉はそれに怒って、後継者の蒲生鶴千代（秀行）に改易の朱印状を発行した。

ところが秀次は、蒲生氏をかばってそれを握りつぶした。それがばれて秀吉の逆鱗《げきりん》にふれた。そればかりか秀次が、「文禄慶長の役」で知られる朝鮮侵略に深くかかわる政治問題で秀吉の側近・石田三成と対立したため、「謀反あり」と断じられ、文禄四年（一五九五）七月に高野山《こうやさん》へ蟄居《ちっきょ》を申し渡されてしまった。

それに驚いた秀次は、人質や誓書を出して弁明に努めた。しかも秀次は、ど

うしたことかこの時点で、朝廷《ちょうてい》に銀五千枚を献上したのである。

これを知った秀吉は、

「朝廷に取り入って、復権《ふっけん》を図ろうとする行為だ」

と断じ、追放処分から切腹処分に変更した。秀次は決してそのような意図で寄進したわけではなかったのだが、タイミングが悪すぎた。

それから二週間後の文禄《ぶんろく》四年（一五九五）七月十五日、高野山で謹慎する秀次のもとへ、福島正則《ふくしままさのり》（豊臣秀吉家臣）らが訪れ、秀吉から切腹の命が下ったことが伝えられた。こうして秀次は、謀反《むほん》の罪を着せられたまま、雀部重正《ささべしげまさ》の介錯《かいしゃく》によって切腹させられた。二十七歳の若さであった。

秀次の側近たちも次々に追腹をし、果てた。


聚楽第に軟禁されている秀次の室たちに、「秀次公、ご生害」の報せが届くと、殿中は女たちの慟哭《どうこく》で満ちた。

おこほの方は一分の望みを神仏に託して、秀次公の無罪と助命嘆願を一心不乱に祈り続けていたが、あまりにも冷徹《れいてつ》で早いご処置《しょち》に、一時、忘我《ぼうが》して、秀吉の無慈悲を恨み、泣き崩れた。お付の女たちもうろたえて部屋に伏し、廊下

に伏して泣くばかり。隣の部屋からも、その向うの部屋からも、女たちの泣き声に混じって、

「なにゆえに、嫁《か》しずいてきたものか……」

秀次の室にされた身の不運を嘆く甲高い叫び声が殿中にあふれだし、激情のはき捨て場を見失ったものたちは、ついに秀次の不行跡をなじりだしたのである。まさに聚楽第は、風前《ふうぜん》の灯火《ともしび》となった。

おこほの方は、ふと、我にかえった。

「あれだけ優《やさ》しかった秀次さまが、ご謀反などなされるわけがございません。それは、正室の若御前さまも同じお考えでございましょう。この後《のち》、我が身にどのような処置が下されようとも、一心に、秀次さまのご冥福をお祈りするのみでございます」

おこほはかたく心に誓い、仏前を拝する日々を送っていた。

おこほの方を含め、秀次の家族および女人たちは京の町中を引き回しにされたうえ三条河原に引きだされ、西方浄土《さいほうじょうど》の方角に向けられた石櫃《いしびつ》の上に置かれた秀次公の御首を拝しながら処刑されたのは、「秀次公、ご生害」の報せを

受けてから二週間余後の、文禄四年（一五九五）八月二日のことであった。

妻子合わせて三十九名、五時間にも及ぶ処刑であった。

刑を執行する者も、される者も、見る者もあまりの哀れさに、みな涙したと伝わっている。

おこほの方が処刑されたのは二十二番目。

多くは処刑の恐怖に取り乱す者もいたが、おこほは死《し》に装束《しょうぞく》の襟元《えりもと》に香《こう》を潜《にじ》ませ粛然《しゅくぜん》として、

　さとれるもまよいある身もへだてなく
　　弥陀のおしへもふかくたのまむ　（瑞泉院縁起　おこほ辞世の句より）

（なっとくできてもできなくても、みほとけのお導きのとおりです）

との辞世の唄[注2]を残し、最後に、

「秀次さま……」

と呟いて、童顔を残す美しい顔に笑みをたたえ、首を差し出した。享年《きょうねん》十九歳、まるで天女の如きであったという。

戦国の世では戦いのなか、主君とともに命をささげて死んでいった子女は数多いが、戦いもならず、無念の最期をとげた罪なき三十九名もの運命は、他に

類がない。この処刑を目《ま》のあたりにした京洛の町衆たちが、

「臓を裂き、魂を痛ましめずということなし」

との言葉をはきつけたと、一族の墓所のある京都木屋町三条の瑞泉《ずいせん》寺[注3]の縁起に書き伝えられている。


おこほの方の故郷、東近江鯰江城下の里人たちはその死を哀れみ、また、時の権力者にはばかって、先の沢に残る天女伝説に「秀次公とおこほの恋」を秘して、今に伝えたとされている。

おこほが処刑されてから一年後の子《ね》の刻、京の伏見で大地震（慶長伏見地震）がおきた。この地震で秀吉が隠居していた伏見桃山城が崩落した。マグニチュードは七～八であったといわれ、城内だけで圧死者六〇〇人、秀吉の側室たち三十数名が崩れた石垣と共に宇治川に流され、行方が知れなくなった。


この地震がおきたのは、ちょうどおこほの一周忌に当たり、

「無慈悲な処刑をした、その祟りじゃ」

鯰江城下の村では、そう噂したという。それからわずか三年後の慶長三年（一五九八）八月十八日、秀吉公も新しく建て直された伏見城で病死した。

この秀次事件で犠牲者をだした親族一党の恨みは深く、秀吉公没後の天下分け目の一戦「関ヶ原の戦い」では、その親族はことごとく東軍（徳川家康方）に与力し、犠牲者の名を唱えながら、阿修羅《あしゅら》となって西軍に襲い掛かったと言われる。この戦で大敗した西軍は多くの重臣を失い、秀次を陥《おとしい》れた石田三成は捕えられ、おこほが処刑された同じ三条河原で、さらし首になった。その後の「大坂冬の陣、夏の陣」[注4]の敗北で、秀次事件のきっかけとなった淀殿と豊臣秀頼もまた、炎に包まれる大坂城落城と共に、自害して果てた。

注1・近江八幡領主

十八歳で近江八幡の領主になった秀次が、荒廃した安土城下の職人や商人たちを呼び寄せて楽市楽座の復活や湖上通商に着眼した八幡堀の建設など、当時にあって民政に重点をおいた城下町つくりを果たした。秀次を当地ではいまに「町祖」と深く敬愛している。

注2・辞世の唄

二十二ばんにはおこほの御かた十九さい。あふみの国《くに》の住人《じゅうにん》。なまつえ権之介《ごんのすけ》という人のむすめなり。十五の年《とし》めし出《いだ》され。それより此《この》かた御をんふかくかうふり。しんるいのすゑすゑまでも。人となし其身《そのみ》はさながら宮女のごとくにて。四五年がほどは。月《つき》にむかい。花《はな》にたはふれて。あかしくらし後《のち》の世《よ》のいとなみなどは。おもひもよらでありつるが。此期《このご》にのぞみて。大雲院貞庵上人《だいうんいんていあんしょうにん》の御をしへをうけ。十念えこうしてかくそさとれるもまよいある身もへだてなきみだのおしえをふかくたのまん

（聚楽物語　巻之下）

おこほの方の辞世の唄と言われる二首

1、わが恋はみやまの奥のほととぎす
　なき悲しみて身ははてにけり

（太閤資料集　人物往来社）

2、我はただみだの誓ひも頼まじな
　出づる月日の入にまかせて

（太閤記　岩波書店）

なお、秀次が切腹した当日の附家老の山内一豊は八千石、中村一氏は五千石に加増、謀反の疑いがあると糾弾《きゅうだん》した富田一白は伊勢安濃津城五万石に加増、石田三成は近江佐和山十九万四千石を加増されたという。

注3・瑞泉寺

三条河原の悲劇から十六年目の慶長一六年（一六一一）高瀬川の開削工事を進めていた京の豪商・角倉了以によって、悲劇の場所に瑞泉寺と供養塔が造営された。

注4・大阪夏の陣

冬の陣で本丸以外の堀を埋めさせられた大坂城は裸同然、もはや殺到する徳川方を防ぐ術がない。真田隊を壊滅させた越前勢の松平忠直が一番乗り、続々と徳川方が城内に乱入し、五月七日の深夜に大坂城は陥落。内通者によって放たれた火の手が天守に上がり、真っ赤にそまって燃え上がる空の様が京からも見えたという。翌日、脱出した家康の孫娘、千姫の「秀頼公と淀君の助命嘆願」も無視されて、秀頼は淀君とともに籾蔵の中で自害した。、この夏の陣において徳川家康は、敢えて豊臣恩顧の大名に大坂城を攻めさせた。これは将来的に徳川家に掛かってくる倫理的な非難を回避したのだとされた。それにより、のちに豊臣家を滅ぼしたことに対する道徳的な議論が起こることはなかった。むしろ徳川家の家臣において、敵将に対する武士道的賞賛が盛んに行われたという。

いくさ火

禅僧《ぜんそう》の弁首座《べんしゅざ》が全国行脚《あんぎゃ》の途中、東近江山本《やまもと》村の塚原《つかはら》で行き暮れてしまった。

「おう、しもうた。道中《どうちゅう》まごまごしているうちに日が落ちてしもうたわい。どこぞ今宵の宿《やど》はなかろうか」

すると、古びた宮居《みやい》（神社）が目に飛び込んできた。

「ほーお。ここは貴船《きぶね》の宮居であろうか。今宵はここで夜露を凌《しの》がせていただこう」

弁首座は一夜を明かそうと、宮居に入り、ゴロリと横臥《おうが》した。ほどなくして心地よい眠気《ねむけ》に誘われ、微睡《まどろ》んでいると、

「もうし、ご坊よ、目覚《めざ》めてくだされ」

起こす者がある。

「はて、どなたかな？　拙僧はここで旅の疲れを癒《いや》そうと、一夜の宿をお借り

申したのじゃが」

弁首座は体を起こし、声の方に目を向けて、ギョッ、とした。入り口に立っているのは、浅黄《あさぎ》の銅丸鎧《どうまるよろい》に陣太刀《じんたち》を携《たずさ》えた武者である。

「早速じゃが、それがしはこの近くの居館《やかた》に住まいする者でござる。今宵は主《しゅ》君《くん》の命日ゆえ、ご坊に経《きょう》を唱えていただきたく、お願いにまいった。お休みのところ恐縮じゃが、ご足労《そくろう》願えまいか」

武者は膝をつき、頼《たの》みこむ。

弁首座は、その武者のていねいな物腰に、

「おお、さぞや高貴なお方のご命日であろう。供養をさせていただきましょう」

と、武者の後について、居館に向かった。

居館につくと、身分の高そうな老女が現れ、

「今宵は、箕作山城主の命日じゃ。清浄《せいじょう》な読経《どきょう》を賜わりたい」

案内された仏間には、寺にも及ばぬ豪壮な仏壇が、おさめられていた。

弁首座は、螺鈿《らでん》が散りばめられた金銀《きんぎん》まばゆい大須弥壇《だいしゅみだん》を拝し、観音普門《かんのんふもん》品《ぼん》、般若心経《はんにゃしんぎょう》等の五巻をささげて読経した。すると、数十名の家臣や女官たちが亡き主君を偲《しの》ぶのであろう、

「丁重なご供養をしていただけた」

と、みな慟哭《どうこく》した。

読経をすませた弁首座は、老女や家臣に見送られ、もとの貴船の宮居に戻ってきた。そして再び、微睡《まどろ》みかけると、その夢枕に、矢が突き立ち朱《しゅ》に染まった鎧《よろい》をつけたひとりの武将が、現れた。

「それがしは箕作山城主・建部采女正《うねめのしょう》秀治《ひではる》でござります。修羅《しゅら》の妄執《もうしゅう》にさいなまれておりましたが……」

と言って一息つき、つぎのように語りだした。

「永禄十一年（一五六八）九月十二日の巳《み》ノ刻（午後二時頃）、総勢六万の大群を率いた織田信長軍が、東近江に攻め入ってきたのでござります。迎え討つ六角方の前線には、和田山城があり、その後方に本城の観音寺城と支城の箕作山城があったのは、御坊もご存じのことと思います。この三つの山城は互いに向き合って三角をなし、眼下の野を見張るようになっておりました。六角方の防《ぼう》禦態勢《ぎょたいせい》は和田山城に主力をおき、織田勢を釘付けにして、観音寺・箕作両城の兵がその背後から織田軍を挟撃《きょうげき》する作戦でござりました。ところが、信長軍はその裏をかき、和田山城と観音寺城に牽制《けんせい》のための軍勢だけを送ると、申ノ刻

（午後四時頃）、いきなり一番奥の箕作山城を攻撃してきたのでございます」

箕作山は標高三百メートル余の小山ではあっても、城へ通じる道は急斜面の北口と東口しかなく、大樹に覆われた要害だった。建部采女正秀治を主将に吉田重光・狛修理亮《こましゅりのすけ》・吉田新助など三千余の将兵が防備にあたっていた。これに対して押し寄せる織田軍は、東口から丹羽長秀《にわながひで》隊の三千余人、北口から羽柴秀吉《はしばひでよし》隊の二千三百余人だった。城方の守備は堅固で将兵みなが良く防戦し、陽が落ちてもびくともしなかった。

ところが、夜陰が訪れた戌《いぬ》ノ刻（午後八時頃）、突然、山の中腹の数百ヶ所から火の手があがった。織田軍が火攻めの策にでて、松明《たいまつ》をかざして一斉攻撃を展開してきたのだ。さしもの城兵たちも多くが煙に燻《いぶ》されて城から出、その多くは討死《うちじに》した。こうして箕作山城は落城、城主・建部采女正秀治も討死した。

「この陥落を知った和田山城も、観音寺城も、戦意を失い一戦も交えることなく将兵は逃亡。領主の佐々木六角義賢も夜陰に紛れて甲賀《こうが》に落ち延びてしまったのでございます」

そこまで語った建部采女正秀治は、

「そなたの読経に弔《とむら》われ、この世の苦悩《くのう》から解放《かいほう》されて、ようやく成仏《じょうぶつ》に至《いた》りもうした。礼を申す」

穏やかな笑みを湛《たた》え、スー、と姿を消した。

その翌朝、

「もうし、お坊さま」

人の声がする。

「おう、どなたじゃな」

弁首座は目を覚まし、ハッとしてあたりを見渡した。村人に囲まれている。微睡《まどろ》んでいたはずの貴船の宮居らしきモノは影も形もない。野道の傍らの塚にもたれて眠っていたではないか！

「こんなとこで眠っておられて、よくぞ、ご無事でござはれましたなー」

弁首座は今ある自分の状況が、理解しがたい。

「はて、どうしたことじゃろう？」

昨夜の出来事が、弁首座の脳裏をかけめぐった。

「実は……」と、弁首座が昨夜の出来事を村人に説明すると、

「ほれは、よくぞご無事でおらはれました」

村びとは安堵の顔をして、

「昔から村ではこのあたりを血原《ちはら》と呼んでおりましてな、夜が更けると、薄気味の悪いことがおこりますところでなあし（なのですよ）。〃ぶおーん、ぶおーん〃とほら貝の音が響きわたり、わーッ、わーッと、ときの声があがって、おびただしい火の玉が走りますのや。これは織田信長に攻められて敗死した箕作山城の将兵の落ち首が火の玉になって飛び交う戦火《いくさび》でしてな……。この戦火を見たものは必ず、高い熱をだし、狂い死にすると言われていますのや。せやのに、こんな恐ろしい所でご坊は一夜を過ごさはって、ようもご無事で……、くわばら、くわばら」

「おう、そうであったのか……」

　昨夜の微睡みを脳裏に刻んだ弁首座は、数珠《じゅず》をもみながら、塚に向かって瞑《めい》目《もく》した。それ以降、血原の戦火はまったく出なくなったという。

注1・血原と地蔵

　その後、弁首座が眠っていた血原の塚から一体の地蔵が出てきた。村人はそれを箕作山百丸の城跡に移し、「堀上地蔵」と名づけて祀った。平坂三ツ橋付近の一石五輪塔群や県道平坂堺の大同川に架かる箕作橋の「北の前地蔵」と呼ばれる一石五輪塔群は、箕作山城攻防戦の戦死者を弔い建てたものを一か所に集めたものと伝わる。伊野部村の正福寺では毎年、九月中旬に箕作山合戦の戦没者の回向《えこう》を行なっている。

義経の腰掛岩

平家《へいけ》一門隆盛《りゅうせい》のころ。

朝もやをぬい、一人の商人と数人の従者に案内されて太郎坊宮《たろうぼうぐう》の参道を足早に行く、一人の若者がいた。幼名を牛若丸《うしわかまる》（遮那王丸《しゃなおうまる》）といい、昨日、蒲生の「鏡の宿《かがみのしゅく》」で元服《げんぷく》注1して「源九郎判官義経《みなもとのくろうほんがんよしつね》」と名乗っていた。

太郎坊宮は勝運の神様で名高い阿賀神社の別名でその名の起こりは、修験道《しゅげんどう》の祖《そ》・役行者《えんのぎょうじゃ》の一番弟子・太郎坊が守護する太郎坊山の縁起に由来。古くより修験行者の聖地として、名だたる行者たちがその験術《けんじゅつ》をみがいた山として、広く知られていた。

その先導役の商人は、京《きょう》と奥州平泉《おうしゅうひらいずみ》との交易に従事する「金売《かねう》りの吉次《きちじ》」だった。他の従者も含めて皆、修験者の服装に身をやつしていた。

「もう少しで本宮に着きまするゆえ、少し足を急かしましょうぞ」

朝もやの向こうに、吉次が目を配って告げる。すぐに、十六歳の義経は、「承知！」と返事して、京の鞍馬《くらま》山で鍛え上げた健脚にものをいわせて進んだ。

「あッ、列を離れてはなりませぬ！」

という皆の声を背に、義経は峻険《しゅんけん》な山道を、突風のように駆け上がっていった。

ややして、吉次たちが、はぁ、はぁ、と息を切らせて山道をあがって来た。

その荒い息の音と、足音を耳にしながら義経は、里人が「夫婦《みょうと》岩」と呼ぶ、目の前にそびえ立つ奇怪な巨岩を見あげていた。その岩の高さはおよそ三十尺（十メートル）、その岩の中央が縦に裂け通り抜けられる細い道になっている。その小道の幅は二尺七、八寸（八十センチ）。ようよう追いついて来た従者の一人が荒い息を整えながら、義経の肩越しに語りかけた。

「この大岩の裂け目を通り抜けますれば、本宮に至りまするが、これは容易ならざる裂け目でございます。ウソつきや、悪しき事を行なってきた者がここを抜けようとすれば、たちどころに挟《はさ》み取って、先ほど登りましたあの深い谷底へ放り投げてしまうと伝わっております。それゆえに里の者たちはみな、怖れ崇《あが》めておりまするゆえ、ご注意なさりませ」

ふーん、と義経は返事をしておいて、

「ならば、吾等《われら》も放り投げられそうじゃな」

とつぶやいた。

この時、義経の脳裏に去来《きょらい》していたのは、自分が洛北の鞍馬寺から三日前、密かに行方をくらましたことで、大恩ある鞍馬寺が平氏の怒りをかい、厳しいお咎《とが》めをこうむるに違いないという思いと、関所ごとに大ウソを重ねて身分を偽って抜けたこと、鏡の宿では山賊夜盗《さんぞくやとう》の輩《やから》とはいえ、剣術の冴《さ》えにうかれて、それらの者の命を奪った事実であった。

一同の者たちは、義経が口にした言葉の意味がわからないのか、吉次の他は皆、顔を見合わせるばかり。吉次は額《ひたい》からしたたり落ちる大粒の汗を手の甲で拭いながら、愉快そうに笑みを浮かべて、

「ウソにも善きウソと、悪しきウソがございまする。また、己が身を守るために襲ってきた輩《やから》を殺《あや》めたとて、悪しき行いとは思われませぬ。もしそれが、ご不安でしたら、この岩間の前から本宮を拝《はい》されればよろしかろう」

と、助言した。

義経はその場でしばし瞑目《めいもく》して、一度大きく深呼吸すると、ツツーと、そのまま大岩の割れ目に足を進めた。そして叫んだ。

「大岩よ、吾は鞍馬の恩人たちを犠牲にし、身分を大ウソで偽り、平家の追手、盗賊のたぐいとはいえ、殺《あや》めながらここに来た。その罪への怒りはあまんじて受けようぞ。但し、今はならん。天下にその横暴をしく平家一門を成敗する大望を成したあかつきには、この義経、この場の罪を問われて命を召されようとも、遺恨《いこん》なし。それまで、しばし待て」

そして義経はその割れ目を、ス、スーッと、通り抜けたのである。

一説に、義経がこの大岩の割れ目を通り抜けた時、もの凄い地響《じひび》きがおこり、従者たちは蒼白《そうはく》になった。そしてその大岩より、

「承知した、待とうぞ」

との大声があがり、なお驚いたという。

その後、太郎坊宮（阿賀神社）に「必勝祈願」をした義経一党の大活躍により、平家一門を壇《だん》ノ浦《うら》の海戦で壊滅《かいめつ》。時を置かずして、義経が兄・源頼朝《みなもとのよりとも》の策謀《さくぼう》によって、その若い命を奥州平泉《おうしゅうひらいずみ》で散らしたのは、周知の事実である。

この太郎坊山には義経ゆかりの「腰掛岩《こしかけいわ》」や、平家殲滅《せんめつ》を祈願してお百度《ひゃくど》を踏んだと伝わる「一願成就社《いちがんじょうじゅしゃ》」も、今に残る。

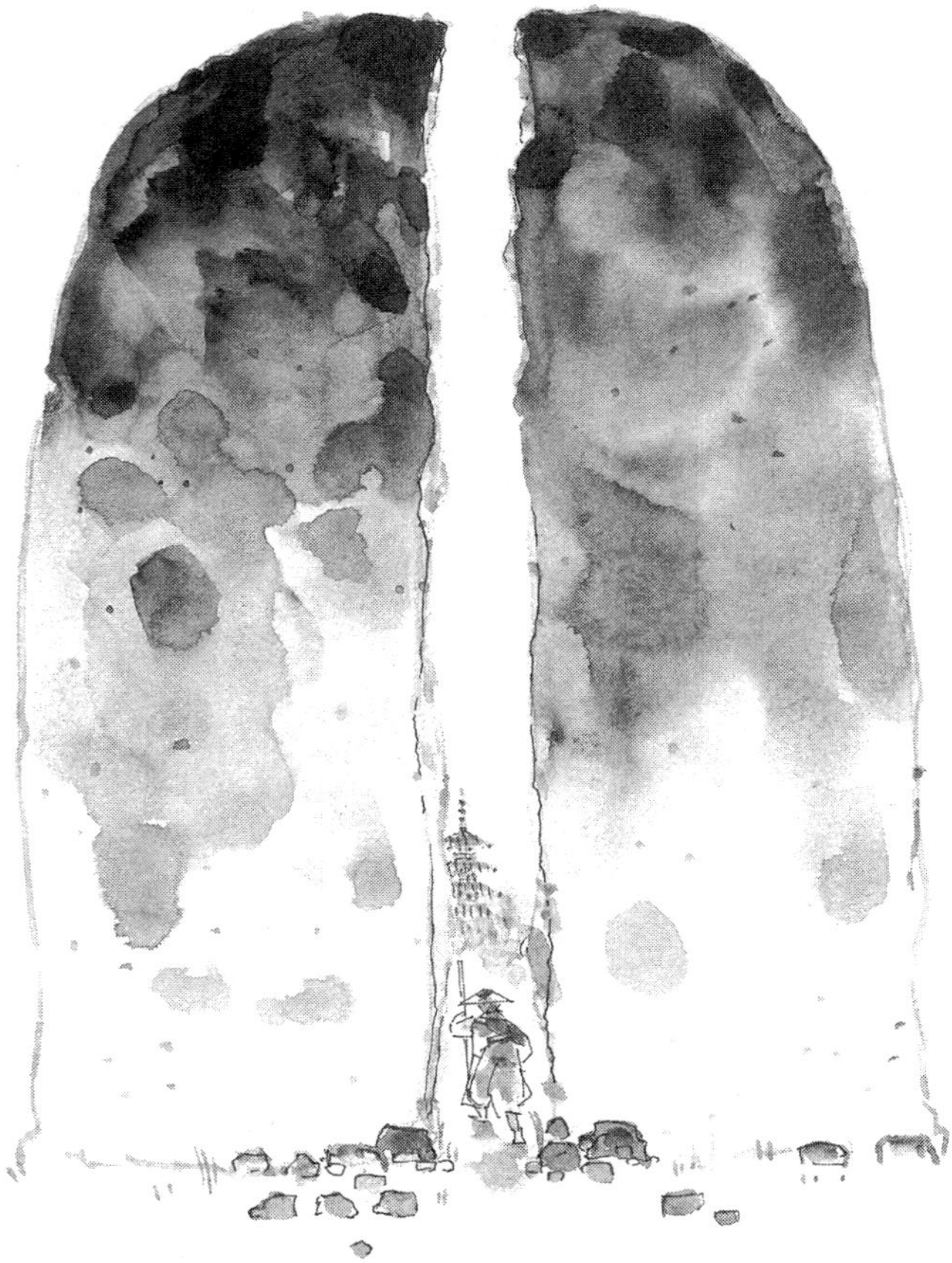

153 義経の腰掛岩

注1・義経元服のいわれ

京の鞍馬寺で「遮那《しゃな》王」と名乗っていた牛若は、承安《しょうあん》四年（一一七四）三月三日の暁、金売り商人吉次《きちじ》と下総《しもうさ》の深栖《ふかす》の三郎光重が子、陵助頼重《みささぎのすけよりしげ》を同伴して奥州の藤原秀衡《ひでひら》の元へ出発。その夜、近江の「鏡の宿」に入り、「白木屋《しろきや》」と称する長者の「沢弥傳《さわやでん》」の屋敷に泊まる。鏡の宿に入ってまもなく、表で早飛脚の声。平家の追手が稚児姿の牛若を探しているとのこと。このままの姿では取り押さえられてしまうと、急ぎ髪を切り、烏帽子を着けて東男《あずまおとこ》に身を窶《やつ》さねばと元服することを決心した。そこで近くの烏帽子屋五郎大夫《ごろうだゆう》に源氏の左折れの烏帽子を注文した。左折とは烏帽子の頂を左方に折り返して作ることで、源氏は左折を用い、平家は右折のものを用いていた。しかし今は平家の全盛期で左折の烏帽子は御法《ごはっ》度《と》である。が、牛若のたっての願いと、幼い人が用いるものなれば平家のお咎《とが》めもあるまいと烏帽子屋五郎大夫《ごろうだゆう》は引き受けた。そして牛若は、鏡池の石清水《いわしみず》を用いて前髪を落とした。しかし烏帽子親も無く（通常は二人の烏帽子親が必要）考えたところ源氏の祖先が八幡大菩薩《はちまんだいぼさつ》と新羅《しらぎ》明神の前で元服をしたと聞いていたので、鞍馬の毘沙門天《びしゃもんてん》と、氏神の八幡神《はちまんじん》を烏帽子親にしようと思い、太刀《たち》を毘沙門天、脇差《わきざし》を八幡神に見立てて自ら元服式を行った。その時、牛若丸は一六歳、烏帽子名を源《みなもとの》九郎義経《くろうよしつね》として、天日槍《あめのひぼこ》、新羅《しらぎ》大明神を祀る地元の鏡神社に参拝し、源氏の再興と武運長久を祈願したと伝えられている。

かいくらい

朝早くから下岸本村の源右衛門《げんうえもん》家では、大工や左官職人たちにまじって、家の者たちが忙しく立ち働いていた。

オクドサンでは薪藁《まきわら》をくべて、大鍋で粥《かゆ》を炊きだす者、仏間を清め、神棚を整え、庭や前栽《せんざい》のクズを取り払う者、大黒柱にしがみつき、手伝いに来た者たちに四方の支柱の拭き方や、飾りつけを指図する者など、とにかく家中はアリの巣をつついたように忙しい。

「おーい、今日はめでたい『かいくらい』や。村役さんらをはじめ、村のみなはんが大勢でお祝いに来てくだはる。落ち度のないように、しっかりと準備せいよ」

源右衛門が満面に笑みを膨らませながら囃《はや》し立てる。「かいくらい」は縦柱と縦柱の間に組まれた竹の骨組みに壁土が塗りこめられたのを祝う儀式であり、村人に家の新築を披露する、自慢の日でもあった。

「あいよ。あんたはんこそ、大い《いか》声だして、福を呼びこんでくだはいな」

カカァ（妻）を先頭に、嫁ぎ先から手伝いにきた姉妹たちも、囃し立てる。

「まかしとけ、ワッハハー」

源右衛門は大口を開けて笑いを飛ばし、そばの大黒柱に、ギュッ、としがみついた。

やがて時間になった。

源右衛門が紋付羽織で下屋の破風口に上がる。両足をふんばって体を支えると、勢いよく扇子を開き、それを上下に扇ぎながら、

「かいくらい、かいくらい」

と大声を張りあげた。

すると、この声に村の老若男女が椀を持ち、ぞくぞくと集まってきた。

「おう、りっぱな家を建てはって……、わしらも源やんね（源さんの家）に、あやかりたいもんや」

「ほんまやのぉ。めでたいことや、かいくらい、かいくらい」

と、村人は碗をさし出す。

源右衛門家のオクドの大鍋には、すでに粥《かゆ》が煮立っている。その粥鍋には愛知川から拾ってきた小指の爪先よりも小さな青石と黒い小石が、数個ずつ入れてある。それが粥に混ざって、椀に青石が入ると家が建ち、黒石が入ると蔵が建つという縁起《えんぎ》モノの粥だ、と言われてきた。

「さぁさ、もっとこっちゃ（こっち）の方に椀をさし出してや」

集まった村人の椀に手早く、粥がもられていく。

「どうか、これに、黒石が……」

「どうぞ、青石が入っていますように」

村人はそう念じながら、粥の振る舞いを受けていた。

その村人の中に、佐吉《さきち》夫婦がいた。ふたりは先日の源右衛門家の棟上げと同じ大安の日に夫婦になったばかり。佐吉は五人兄弟の末っ子だ。夫婦になっても分家をしてもらえず、三畳ばかりの実家の母屋の裏部屋住《うらべやず》まい。夫婦は一生懸命働いて、いずれは自分の家を建てたいと願っていた。

その時だった。

「わぁ！　あんた、見て見。い、石が……石が入っとったで、ほれほれ」

佐吉のカカァがすっ頓狂《とんきょう》な叫び声をあげた。

「えッ、ほんまか！」

と、佐吉も頓狂な声をあげた。

佐吉のカカァは、青い小石を箸の先でつまみ上げて見せた。

「でかいさぞ、青石や。これでわしらも家が建つこと間違いなしや。でかいさ、でかいさぞ」

佐吉は大喜び。そして、カカァにくらいついた。と、その途端、箸の先から青石が、ポトリ、と落ち、足もとの道の砂利に混ざりこんで、わからなくなってしまった。

「あちゃ！」

この石は落《お》としたり、無くすと、運が無くなると言われている。

「げんくそ悪いことになったもんや。これで台なしや。わしら一生、家は持てん」

ふたりは意気消沈《いきしょうちん》、頭を抱えてしまった。

村人も若い夫婦をとりかこんで、

「あーぁ、あ。せっかくの運を落としてしまはって。こらあかんわ」

と、ふたりの不運に嘆息《たんそく》した。

ところがその後、ふたりはそれにめげることなくよく働いて、十年あまりのちに、自分の家の「かいくらい」を行ったという。

また、この「かいくらい」は、村によって少しずつやり方が違っていた。

例えば、隣村の小田刈村では左官の頭領が破風口に上がって「鶴は千年、亀は万年、弥勒菩薩は九千年、この家の亭主は百六つ、かいくらい、かいくらい」と叫びながら藁《わら》しべに通した一文銭や、扇子を撒《ま》く。また、菩提寺村では屋根葺《ふ》き屋の親方が、葺き上がったばかりの屋根の天辺《てっぺん》で「鶴は千年、亀は万年、とうぼうさつは九千年、この家の亭主は百六つ、屋建て粥を食い込め、屋建て粥を食い込め」と叫ぶ。すると、村人は椀を持って集まって「かいくらい、かいくらい」と囃したてながら粥の振舞を受ける。そして、当屋の亭主はその夜、ツシ（藁や柴を保存する屋根裏部屋）に上がって寝る風習があった。このように村によって多少のやり方は違ってはいても、かいくらいは一世一代の晴れの舞台で、その屋主の自慢のときでもあった。ハヤシ言葉の「かいくらい」は、「家運をください」又は、「粥をください」が転訛《てんか》したものだといわれている。

べー独楽

いつの時代でも、子どもは遊びの天才だ。山や川はもちろんのこと、周囲の環境の隙間を見つけては、そこに合った遊びをあみだすモノだ。

著者が子どもの頃にはこんな遊びがあった。捨てられた食堂の竹の割箸《わりばし》をありったけ拾ってきて、その片方の端を約一寸（三・三センチ）、絵の具で赤、白、青とそれぞれに塗り分ける。これを「さんでんしょ棒」と呼び、それを数人の子どもが、それぞれ、後手に一〇本を持ち、

「どこどこ、さんでんしょ」

「どこどこ、さんでんしょ」

と三唱しながら、同時にその中の一本を前に出す。この遊びのルールは「じゃんけん遊び」のようなもの。赤の棒を出したものは青に勝ち、青の棒は白の棒に勝ち、白の棒は赤に勝つ。勝った色の棒を出した者は、

「もんた（もらった）」

と告げて、負けた色の棒をもらうのだ。こうして、遊び仲間の誰かが一〇本の棒の全てを無くすと、ワンゲームのおわりになる。子どもたちは延々と二ゲーム、三ゲームと、これを繰りかえすのである。

東近江五個荘《ごかしょう》竜田《たつた》村の竜田神社の境内。

数人の少年が集まって、ベー独楽《ごま》遊びに夢中になっている。ベー独楽は円錐形の鋳鉄製で中が空洞になっており、上部の径が約一寸（三・三センチ）ほどの小さな独楽《こま》である。

「いけッ！」

「はね飛ばせ！」

バケツや漬物桶《おけ》の上に使い古した座布団や、ドンゴロス布（麻製の袋で塩などを入れていた）などを置いて土俵を作る。数人が同時に独楽を回しながら土俵に放り込む。

カチ、カチーンー

土俵では独楽と独楽がぶつかりあう。そして、次の瞬間、相手の独楽をパチーンと土俵の外にはじきだす。

「やったー」

はじきだした独楽の持ち主は、相手の独楽がもらえる、べー独楽合戦だ。

鋭い金属音がいつまでも、カチ、カチーンー、と境内に響く。

「くそーッ！ また弾き飛ばされてしもうた。なんで、わしの独楽は弱いんや」

久太《きゅうた》は悔しくてベソをかきながら、鼻水をすすりあげた。昨日、母親にベー独楽を五ツ買ってもらったばかりだった。それが瞬く間に合戦に負けて四ツをとられ、手持ちはたったの一個になってしまった。これが無くなれば、ベー独楽合戦には加われない。そうかといって母親に、また小遣《こづか》いをねだるのは気がひける。

「へへへぇー、おまいは独楽の削り方が、下手《へた》くそやからや。ほんなベー独楽では、勝負を何べんやっても勝てへんでェ」

年長の少年が、久太を嘲《あざけ》るように笑いとばした。少年たちは勝つために独楽の周囲を傷付けたり、角《かど》を付けたりして、ほかの独楽を弾き飛ばしやすいように工夫していた。

次の日、久太は手元に残った最後の一個のべー独楽を持って、竜田神社の東隣の清林寺《せいりん》の境内へ飛んで行った。この寺の敷石でべー独楽の角を削ると、「勝負に強いべー独楽ができるぞ」と、級友から聞いたからだった。

久太はその一個を必死に削った。

ところが、いくら削ってもさほど変わりがない。もっとよく削れるところはないものか、キョロキョロと辺りを探していると、門前の松居遊見《まついゆうけん》の顕彰碑《けんしょうひ》が目に入った。松居遊見は近江商人として大成し、村人に慕われ、村にも尽くして安政《あんせい》二年（一八五五）八十六歳で没した、五個荘随一の豪商だ。没後、村人は近江商人として大成した松居遊見の徳を慕って、清林寺の門前に顕彰碑《けんしょうひ》を建てたのだった。

村の子どもたちは日ごろから、

「遊見さんを見習え」

と教えこまれており、久太も両親から遊見の話はよく聞かされていた。

「遊見さん、許《こらい》とくれやす。この台座の石は堅そうや。これで磨いたら角がよくつきそうやからな」

久太は遊見の顕彰碑の台座にしゃがみ込んで、台座の端石《はしいし》にべー独楽の角を

165 ベー独楽

あてようとした、と、その時だ。

「あれッ、なんか出てる！」

台座のネキに転がった小石の陰から、半円形の金属の頭がのぞいている。

「あっ！　これは昔のお金や」

久太はそれをつまみ上げた。一文銭と呼ばれる江戸末期の通貨、「嘉永通宝《かえいつうほう》」だった。きっと遊見の顕彰碑にあげられたお賽銭《さいせん》が一枚、こぼれ落ちたものだろう。

「おお、そうや！　エエことを思いついたぞ」

久太はそう呟いて、目を輝かせた。


いつにもまして、竜田神社の境内は少年たちの歓声で沸き立っている。少年たちの目は、久太の一風変わったべー独楽に張り付いていた。

勝負をすると、どうしたことか、久太の独楽は桁はずれに強い。

その秘密は、久太の独楽の空洞にあった。空洞に一文銭が埋め込まれていた。

「なんで一文銭をかぶせただけで、こんなに強うなったんや？　不思議やなー」

まわりの少年たちは首をかしげた。

「へ、へ、へぇ、この独楽を持ってみい」

久太は、不審顔の少年たちに、その独楽を持たせた。

「おっ、わしの独楽より、ちょいと重《おも》たいな」

最初にその独楽を手にした少年が、目を丸めた。ほかの少年たちも次々に久太の独楽を手にした。

「相撲でも、軽い奴が重たい奴にまともにぶちあたったら弾き飛ばされるやろう。ほれで思いついたのや。べー独楽に一文銭を貼り付けたら空洞《くうどう》にうまいこと納まって、独楽が重《おも》とうなった。こいつを回したら勝てると思うてな」

わずかとはいえ、ほかの独楽より重量が増し、対戦相手の独楽をはじきだしたのだ。

こぼれた賽銭《さいせん》を拾ってきた行為《おこない》は良くないが、松居遊見の「誰もがやらんことを、最初《さき》に考えついた者《もん》が成功するのや」を常に耳にしていた久太は、意識せずにその教えを実践していたのだった。

パンエン遊びにも、こんな話があった。

パンエンは、湖東地方の呼び名でメンコ（面子）のことだ。直径五〜七センチチの円形や四角形の厚紙に昔の英雄や、流行のキャラクターが印刷されている。まずそれをみんなで数枚ずつ（数を決めて）絵の方を上にして地面におく。じゃんけんで順番を決めて、いざ勝負。自分の持っているパンエンを地面にたたきつけてその風圧で相手のパンエンをひっくり返すのだ。成功したらそのパンエンはもらえ、続けて何度でも挑戦できる。失敗したら次の番が来るまでパンエンはそのままにして、次の人と交代する。取られなければずっとそのパンエンで勝負できるが、取られたら新しいパンエンで勝負をしなくてはならない。勢いよくパンエンを地面に打ち付けるその風圧でひっくり返す「おこし」や、直接相手のパンエンに当ててひっくり返す「当て」や、相手のパンエンの下にもぐらせて返す「さばおり」等の技がある。


「パンエンしよう」

　神社の広場に子どもたちが集まってきた。その中のひとり久太が女の着物を着てやってきた。それを見たツレ（友達）が、よってきて、

「おまいまた、小便をちびって着る物がのうて、ねえちゃんの着物を借りてきたのけえ」

「うん！　まあなァ」

久太は顔を赤らめながら頭をかいた。姉の着物というだけあって、裄《ゆき》も袖丈《そでたけ》もめっぽう長い。何とも滑稽な姿だ。

「おまいは、いッつもドンクサイ（不器用）し、負けてばっかりやのに、ほんな恰好じゃ、もひとつボロ負けするにちがいないほん。今日のパンエンは、止めとかい」

親友のひとりがアドバイスする。

ところが久太は、

「いや、今日は勝てそうな気がするんや」

と胸を張った。

こうしてパンエン遊びが始まった。すると、どうしたことか、今日の久太はめちゃくちゃに強かった。その強さの秘密が、これだった。腕の力で、パーン、と地面に打ちつけて相手のパンエンに与える風圧よりも、久太が着ている着物の長い袖や裄が発生させる風圧の方が、相手のパンエンをひっくり返すのに、数倍の風圧を発生させたのだったのだ。

それにはみんな、「まいった！」と音《ね》をあげたという。

これも遊見さんの、

「誰もやらんことを、考えついた者が成功するのや」

を実践したのが、成功をもたらしたのだった。

雁の瀬

文徳《もんとく》天皇の第一皇子として生まれながら時の勢力にその座を追われた惟喬《これたか》親王は、「悲運《ひうん》の皇子《おうじ》、悲劇の親王」として各地に数多くの伝説や逸話を残している。東近江にも惟高親王に関する伝説は多く、池田《いけだ》村に「雁瀬《がんせ》」の苗字が多い謂《いわ》れとして、次のような話が伝えられている。

ここは、愛知《えち》川の河畔、池田の里。

先日よりの豪雨で愛知川は水嵩《みずかさ》が増し、想像以上に河幅《かわはば》が広がり流れが速い。先導の者が調べると、水深は人の背丈をゆうに超えている。

「困ったものよ。これでは対岸へ渡れぬ」

惟高親王一行は思案《しあん》にくれていた。

当時、惟喬親王は都の追っ手を逃れて各地を転々とされていた。というのも、全盛を極めていた摂政大政大臣・藤原良房《ふじわらのよしふさ》は、文徳天皇が薨去されると第一皇子の惟喬親王をさしおいて、自分の娘が生んだ第四皇子の惟仁親王をわずか九歳で、清和《せいわ》天皇にした。勢力争いに敗れた惟喬親王は都を離れ、京都洛北《らくほく》の大原《おおはら》を経て、西江州《にしごうしゅう》から舟で東近江の宮《みや》の浜《はま》へ。そして、愛知川沿いを陸路でさかのぼり、紀名虎（惟高親王の母方）の領地である鈴鹿《すずか》の山奥、小椋《おぐら》谷へ落ち延びようとされていた。だが不慣《ふな》れな土地ゆえに、親王一行は右往左往《うおうさおう》するばかりだった。

　浅瀬《あさせ》を探そうにも、まったく見当がつかない。

「誰ぞ、この河の事情をよく知る者はおらぬか？」

　惟高親王が、同道の側近に尋ねた。

「近くの里人に尋ねるより他に、策はなさそうに思われまする」

　側近のひとりが、輿《こし》の内で事態の好転を待つ親王に申し述べた。

　親王もそれが良策だと、「この近くに、里はありますか？」と、お尋ねになった。すると側近のひとりが、

「はい。この川上に里がございます。渡河の可能な浅瀬を知る者も、きっといることでございましょう。尋ねてまいります」

と答えて出立しようとした、と、そこへ、

「こんな所《とこ》で、何《なん》をしておられるのやなー」

と、一行の背後から声がした。

「だれであろうか？」

親王は輿から顔をのぞかせ、輿の背後を窺《うかが》うと、農具を肩にした五、六人の里人が、こちらの様子を心配そうに見ている。

「あんたはんらは都のお人かえ？　こんなに水嵩《みずかさ》が増した河に近づいたら危ないぞな」

「ほや、ほや。高貴なお方やと思うけんど、ほんな所にお輿をおいたら、いつなんどき流れに攫《さら》われるやも知れんほん。はよう、こっちへ来なはいや」

と、里人が促《うなが》す。

「おう、これぞ、天のご加護《かご》よ！」

先ほどの側近の顔が、ほころんだ。

「あの者たちはこのあたりの里人でございましょう。早々に、どの辺りに浅瀬があるかを尋ねてまいりましょう」

側近は親王に耳打ちし、すぐに里人にむかって、

「こちらにおられるのは、都の親王さまじゃ。ゆえあって今日中に、この河を渡らねばならぬ。だれぞ、この河の浅瀬を知る者はおらぬか？」

と尋ねた。すると、

「ひょえー、都の親王さまけぇ！」

里人は驚きの声をあげ、たちまち、その場に平伏してしまった。

「このような時です。そのような仰々しいことはせずとも、もそっとこちらに来て、良き知恵をかしてくれませぬか」

親王がうながされると、里人は輿のそばに寄ってきて、ふたたび平伏した。

「わしらの里では先祖代々が、川床に、向岸へ渡るための河道《かわみち》を築いてまいりました。ご案内いたします。かならず無事にお渡りできましょう」

当時の愛知川には、現代のような橋はない。そればかりか堤防すらない時代である。そこで河畔の里人は、水の流れの少ない季節に蛇籠《じゃかご》、（竹で編んだ大きな籠に石を詰め込んだもの）を積み上げて堤防をつくり、対岸まで川床に大石小石を敷き詰めて橋に変わる河道をつくっていた。

親王も供の者たちも一斉に、

「まさに天の助け、いや、里人の助けなり」

と感謝した。

屈強な下帯《したおび》一つの里の男たちが総出で、渡河の準備を整えた。

まず、先導の男が一竿《ひとさお》の竹を持ち、その先で水面下の河道の様子を探りながら、河に入っていった。

「おおー!」

親王も供の者たちも驚嘆《きょうたん》の声をあげた。先ほど目にした愛知川は、人の背丈ほどの水嵩があり、流れも速く、とうてい渡河できる状況ではなかった。ところが、この河道では、先導者の腰あたりまでしか水嵩がなく、しかも流れは向岸までなめらかであった。

「よーし、大丈夫や! さぁさ、わしらの肩へお乗りくだされ」

里の男たちは、その両肩に供の者らを跨《また》がらせて担ぎ、先導の歩みに従って次々に愛知川を渡りだした。そして、親王の輿は、より力自慢の男たちが肩に担いで見事に渡りきった。

対岸に着かれた惟高親王は、

「この恩にむくいるため、何か、みなにお礼がしたい。何なりと申してみなさい」

と里人に感謝をしめされた。

だが、里人は「恐れ多いことです」と恐縮して、顔を見合わせるばかり。

「さぁさ、親王さまの仰せじゃ。遠慮は無用。望みのものを申しあげるがよい」

側近の者がとりなすが、親王を目前にして、すぐに望みを言えるものではない。里人は互いに目配せしながらモジモジしている。

親王もそのことに気づかれて、

「わたしたちを前にしては言いにくかろう。あの岩陰で少し休息しているゆえ、その間に、みなで相談しておくように」

供の者を率いて五間ほど向うの岩陰に向かわれた。そして、休息しながら里人たちの様子を窺っていると、里人は里長を囲んで何やら相談している。

ややして、里長が親王の前にやってきて、その場に平伏し、

「まことに恐れ多いことながら里の者はみな、苗字《みょうじ》というものがございません。かないますれば、苗字をいただき、末代までの郷《さと》の誉《ほま》れといたしとうございまする」

と、申し上げた。

すると、その時だった。

一陣の風が舞った。川辺の葦《あし》が、ザー、ザー、と風に押されてゆれ、河の瀬で羽を休めていた雁《がん》の一群がそれに驚き、バタバタ、と飛立った。

その様子を目にされた親王が、

「ここは雁が住まう瀬か……、おう、ならば『雁瀬《がんせ》』という苗字はどうでしょう？」

と、里人に告げられた。

それ以降、この里の人々は苗字を「雁瀬」と名乗るようになったという。

また、この里では角《つの》をはやしたような形に手ぬぐいを被《かむ》って、それを「角《つの》笠《がさ》」と呼んでいる。これは惟高親王の渡河を助けた時に賜った白布を里人が切りわけて、下《した》に置くのは恐れおおいと頭に乗せたものが、やがて「角笠」と呼ばれるようになり、その瀬に近い場所の名を「角笠」と呼ぶようになったと伝わっている。

その他の惟高親王伝説。

建部北町の旧家には、惟高親王の伝説として、年の瀬に惟高親王がお立ち寄りになり宿を請われた。そのおもてなしにてんやわんやで、その家は正月の準備どころではなく、例年に飾る注連縄《しめなわ》も、門松《かどまつ》かざりの準備もままならなかっ

た。これを知られた惟高親王は、

「門松はそれを目印に年の初めに福神が訪れ、注連縄は神をまつる神聖な場所であることを示すものです」

と説明され、

「以降、毎年この家に福が訪れますよう、神仏に御祈願いたしましょう」

と仰せになり、立ちさられた。それ以降、その旧家では正月に注連縄・門松かざりはしないという。


小倉谷を目指しておられた惟高親王が、妹村の旧家でお弁当を食べられた。そして、食後に箸をその地に刺されたところ、その箸から芽が出て、椿の木になった。今にその椿は、赤い花をつけている。

東近江上中野村では、惟高親王が村をお通りになり、村で休憩をされた。その時、そこに松の苗をお手植えされた。村人はこれを「霊松」と呼び崇め、諸病平癒の霊験あらたかな松として大切に守ってきた。だが、霊松は、天明六年(一七八六)に枯れ損じ、村人はこれを惜しんで、その地に八幡宮を勧請した。

それが現在の八幡神社だ、と伝わっている。

足軽寺坂吉右衛門

愛知《えち》川の上流、永源寺から山上の音無《おとなし》川を東へ渡った山裾に、苔《こけ》むした四基《よんき》の墓がある。その一番南側の碑面《ひめん》に「霜山刃光座元禅師　寛保三年（一七四三）亥十月二十八日七十六歳没」とあるのが、忠臣蔵《ちゅうしんぐら》で有名な赤穂浪士《あこうろうし》のひとり、寺坂吉右衛門《てらさかきちうえもん》の墓だと伝わっている。吉右衛門は吉良上野介邸に討ち入った四十七士のうち、ただひとり生き残った人物だった。

元禄《げんろく》十四年（一七〇一）三月十四日、赤穂藩主・浅野内匠頭長矩《あさのたくみのかみながのり》が江戸城・松の廊下で高家筆頭「吉良上野介《きらこうずけのすけ》」に刃傷《にんじょう》に及んだ。しかも当日は朝廷との大切な儀式が執り行なわれていた最中でのこと、将軍の徳川綱吉は激怒した。「お上に対する冒涜《ぼうとく》」と、浅野内匠頭は即日切腹、藩に至っては「お家断絶」という厳しい処置がなされた。

ところが、喧嘩両成敗であるはずの相手の吉良上野介はお咎めなし。その幕府の裁決に不満を抱く赤穂浅野家家臣の四十七人が幕府の不当な捌《さば》きを世に訴えるために決起、その翌年の十二月十四日の深夜、吉良《きら》の屋敷に討ち入って上野介の首級をあげた。本懐を遂げた一行が、主君の浅野内匠頭が眠る泉岳寺《せんがくじ》に向かう途中のこと、大石内蔵助が列の最後尾にいた寺坂吉右衛門を呼び寄せた。

「速《すみ》やかにこの隊列を離れよ。そして同士みなの遺族を訪ねてことの顛末《てんまつ》を報告するように」

内蔵助の言葉に、吉右衛門は驚いて、

「なぜ、わたしような身分の低い足軽に、そのような大役《たいやく》を仰せになられるのでございましょう。わたしは浪士のみなさまと最後まで行動をともにさせていただきとうございます」

と哀願した。

だが、内蔵助も主人の忠左衛門も聞き入れてはくれなかった。吉右衛門は忠左衛門に仕える直属の家来で、身分は最下位の足軽だった。

「浅野は人手が足りなくて足軽まで動員して敵《かたき》を討ったと世間から蔑《さげす》まれては、不本意《ふほんい》であろうが。ご家老のご真意を察せよ」

主人の忠左衛門が、吉右衛門を睨みつけて言いつけた。

身分が低きがゆえに、ここに至っても、わたしはみなさま方とお供をさせてもらえぬのか……。

「この役目は、そなたにしかできないのじゃ。わかってくれぬか。もしや困ったことでもあれば、近江の国神崎郡市原村池之脇の長寿《ちょうじゅ》寺の俊恵《しゅんけい》和尚を訪ねるがよい」

内蔵助が刺すような目で吉右衛門を諭《さと》した。俊恵和尚は赤穂の神宮寺《じんぐうじ》で住職をしていた時に、大石内蔵助が師と仰いだ僧であり、今は近江の池之脇の長寿寺で隠棲していた。

吉右衛門は顔をひきつらせ、溢れる涙をこらえて歯噛《はが》みした。

その後、吉右衛門は浅野大学、瑶泉院《ようぜいいん》及び全国に点在する一党の遺族等に討入りの顛末を報告する旅に出た。そして、その大役を成しおえた後、江戸に戻って幕府に自首した。

ところが、吉右衛門は、

「身分の低い足軽である。それに、すでに時効でもある」

と赦免されたのであった。

東近江・市原村池之脇の長寿寺で赤穂浪士の供養を終えた寺坂吉右衛門が音《おと》無《なし》川の上流にむかって、当てどなくトボトボと歩いていた。山並みの向こうに見える永源寺の塔頭《たっちゅう》に、ちぎれ雲が流れている。ここは愛知川の源流である。静寂な山の岩肌から、清水が滴《したた》り落ちていた。

吉右衛門は清水を両手に受けて口に運んだ。

こんなにおいしい水を飲んだのはいつ以来のことか——

「まさに、これぞ末期の水よ……」

吉右衛門は何度もなんども水を口に運んだ。そして、周囲の山肌に茂るシダの葉を小高い岩の上に敷き詰めて正座《せいざ》した。

「道中を歩いていて、隊から逃げ出した卑怯者よ、と罵《ののし》られたことは幾度となくありましたが、ご家老さまの言われた通り、『この役目はそなたにしかできないのじゃ』という意味が、いまやっとわかりました。こんなわたしですから必要以上の追手もなく、こうして無事に大切なお役目が遂行《すいこう》できたのです。あとは一刻も早く、同士のみなさま方のもとに馳《は》せ参じ、この顛末をご報告もうしあげるまで。ただいまより、皆さまのおそばにまいります」

吉右衛門はおもむろに懐剣《かいけん》を抜き、襟《えり》を開いて刃先を腹にさそうとした、と、その時、

「お待ちなされ！」

吉右衛門の自害を止めたのは、長寿寺の和尚・俊恵であった。

さきほど長寿寺で赤穂浪士の供養をおえた吉右衛門の様子に、「もしや！」と感じた俊恵和尚が、吉右衛門の後ろを付けてきたのだった。

「いまここで死んでなにになりましょう。真の忠臣ならば、一生を通して亡くなられた皆さまのご供養をなさるのが、そなたのお役目ではござりませぬのか」

吉右衛門は和尚に懐剣をとりあげられて、ハッと我に返った。

その後、吉右衛門は、俊恵和尚の計らいで音無川の上流に庵を結び、赤穂浪士四十六人の供養に明け暮れる毎日を送ったという。

庵に籠《こも》った吉右衛門が、寛保三年（一七四三）亥十月二十八日、七十六歳の人生の幕を閉じたのは、赤穂浪士が切腹してから実に、四十一年の歳月が流れていた。吉右衛門の亡骸はその庵のそばに葬られ、現在のお墓となったと伝わっている。

ウタラ僧衣

永源《えいげん》寺[注1]の高僧・寂室《じゃくしつ》禅師が東近江政所《まんどころ》を巡錫《じゅんしゃく》中に椿事《ちんじ》が起こった。

村人が墓場《さんまい》へ死人を送る途中、座棺桶《ざかんおけ》を道の真中に置き、ふたを開いて中を覗き込んでは首をかしげ、何やら、がやがやと妙なことを言い合っている。

禅師がそばに近寄ると、ひとりの老翁が歯の抜けた口をもごもごさせながら
「お坊さま、これはよいとこに来てくだはった。先ほど自宅で葬儀をすませて、ここまで来ましたんやけんど、急に棺桶が軽うなったと担《にの》うていた者が言うので、中を確かめてみると、ほれこの通り、かんじんの遺体《ほとけ》が消え失せてしもうて、皆でどないしたらよいもんかと、思案しているところですのや」

と、事のしだいを説明した。

「ほう、それは妙なことよ」

禅師は首をかしげながら棺桶を覗きこんだ。すると、亡者の額にあてがう三

角頭巾（天冠《てんかん》）や草履は棺桶の底に残っているのに、肝心の遺体はどこへ消えてしまったのか、見当たらない。そういえば近ごろ近郷近在で、「死者の行方が知れなくなった」という噂を耳にしていたが、おそらく村人の思い違いであろうと、禅師は次のように尋ねた。

「生前、高徳をつまれ、みなさまに惜しまれて亡くなられた方などには、時々、その死を惜しみ悲しむあまり、墓地に送り出すのを無意識の内に拒まれて、棺桶に遺体を納めたつもりになってしまうということがあるといいます。みなさん、この度はまちがいなく、ホトケを棺桶に納めた記憶はおありかな。どうじゃな？」

すると、ソウレン（葬列）の者たちはみな、

「滅相もございません。ワシらの手でまちがいなく、納めましたが」

と、首を振る。

「うむッ、そうであるならば……」と、禅師は錫杖《しゃくじょう》を数度打ち鳴らしてその場の邪気をうち祓い、静かに瞑目した。その様子を見守る皆も、互いに顔を見合わせて黙祷《もくとう》する。すると、禅師の意識の向こうに、今まさに、亡者を脇に抱えて連れ去ろうとする押立山の妖猿・ヒヒの姿が見えた。このヒヒは、人跡まれ

な押立山の奥に住む、何百年も歳を経た山姥《やまんば》の化身だと言われていた。

「またもや、ヒヒの仕業か……」

禅師は素早く身につけていた袈裟をうち払らい、「うむっ」と念を込め、ドン、ドン、ドンと錫杖を三度、地に打った。

すると俄《にわ》かに、あたりが夜のように暗くなった。そのとたん、亡者はヒヒの手から離れ、すーっと宙をすべって、棺桶にもどってきた。葬列の者たちは、今まで空っぽだった棺桶に、突然、ホトケが姿をあらわしたので仰天し、腰を抜かした。

「おお、少しばかり驚かしすぎましたかな。じゃが、そう仰天するようなことではない。年老いた山姥がヒヒと言う妖怪に変じて、ちょっといたずらをしたのじゃよ。ふたたび、このような事のないようにしておきましょうぞ」

禅師はその場で経文を授けると、手に持った袈裟の織り糸の一本を引き抜いて遺体の額に張り付け、棺桶のふたを閉じさせた。そして、その袈裟を村人に与え、

「これより村で死者が出れば、その都度、この袈裟の織り糸の一本を棺桶に入れなされ。さすれば、二度とこのようなことは起こらないでしょう」

と告げた。

それ以来、村では葬式があるごとに、その織り糸を一本引き抜いて棺桶に入れるようになった。すると、遺骸が失せることは、まったく無くなったという。

ただ、寂室禅師からいただいた衣の織り糸にも限度がある。村人は法衣の織り糸を織り込んだ七条袈裟注2を新たにこしらえ、棺桶の覆《おお》いとして代用した。

この袈裟は今に、村の光徳《こうとく》寺の寺宝として大切に保管されている。

注1・永源寺

康安元年（一三六一）、寂室禅師により開山され、五十六坊、二〇〇〇人の修行僧がいたと伝えられる。明応、永禄とたび重なる兵火により焼失、衰微したが、寛永年間に仏項国師が後水尾天皇の帰依を受け再興する。本尊は世継観音、お参りすれば、子々孫々繁栄するという秘仏。他にも寂室禅師の塑像をはじめ多くの文化財がある。当門前町では、寂室禅師が中国より伝えた蒟蒻《こんにゃく》が名産になっている。また紅葉の名所としても知られる。

注2・七条袈裟

釈尊の時代、修行者は「糞掃衣《ふんぞうえ》」と呼ばれる衣服を身につけることになっていた。

糞掃の原語は「塵、砂塵」を言い、糞掃衣は塵芥の中に捨てられてあったぼろきれをつづり合わせて作った衣を意味した。釈尊の考えからすれば、修行に専心する者は何ごとにも執着してはならず、衣服にもとらわれてはならなかった。釈尊の身につけた衣と、弟子の修行者たちが着ている衣とが、同じ糞掃衣であったことは言うまでもない。

七条袈裟はその伝統に則り、二枚の長い布と一枚の短い布を組み合わせた「二長一短」を七条につぎ合わせたものである。一枚の長い布と一枚の短い布を組み合わせた「一長一短」を五条につぎ合わせたのが、五条袈裟となった。釈尊やその弟子たちが身にまとっていた衣は、使いふるされ、捨てられた布をつづり合わせたものであったが、後になると衣は生活の道具としての意味を離れて、仏教の標識としての法衣となった。中国や日本では、袈裟は次第に華美で装飾的なものとなり、とくに色などの区別によって、それを身につける僧の地位の上下をあらわす役割さえ持つようになった。ここにおいては、釈尊の「糞掃衣」の理念は完全に失われてしまった。

名号の碑

日本の近世史上で最大の飢饉《ききん》と言えば、天明《てんめい》の大飢饉[注1]だろう。当時東近江でも夏になっても暑くならず、冷夏で不作がつづいた。そうかと思えば、旱魃による水争いが多発した時代でもあった。平柳村と小八木村で争論があり、彦根藩から不利な裁定をうけたと平柳村の庄屋の半右衛門が彦根城大手前で抗議の割腹自殺（お婆の囲炉裏ばなし第二集一六六ページに掲載）をする事件が起きて大騒ぎになったのも、天明の飢饉の折である。飢餓《きが》や栄養不足で疫病《えきびょう》が蔓延、死人が続出した。こんな状況が寛政《かんせい》と年号が改められてもなお、数年も続いた。

「世はまさに地獄《じごく》や。人の力ではドモならん。この苦しみから逃れるには神だのみしかない。神輿《みこし》は神霊《しんれい》を奉安《ほうあん》する乗り物やというやないか。押立神社にお神輿を奉納して、神におすがりしようやまいかい」

押立郷《おしたてごう》では早速に横溝《よこみぞ》村の宗左衛門《そうざえもん》（加藤）が擬宝珠《ぎぼし》の神輿を、今在家《いまざいけ》村の甚六《じんろく》（木澤）が鳳凰《ほうおう》神輿をこしらえた。村人にとっては財政とくに厳しく、年貢《ねんぐ》を納めるのにもことかく時代であった。神輿には飾り物は一切付けられず白木《しらき》のままで奉納され、六〇年毎《ごと》に斎行《さいこう》されるという押立神社の奇祭、「ドケ祭り」は、寛政六年（一七九四）四月に第四回目が斎行された。

そのドケ祭り直後の五月十八日に、藤原氏《ふじわらし》の流れをくむ押立城主（平松城）の日根野弘安《ひねのひろやす》が他界《たかい》した。

「お殿《との》さまがなくなられたというのに、中一色村と平松村のお墓（猿の口無の墓所）の名号碑《みょうごうひ》は朽《く》ちかけたままで、今にも倒れそうやないかい。ほんな事をしているさかいにいつまでたっても世の禍《わざわい》が続くのや。この際、おもいっきり立派な石の碑を建て、ご先祖さんのお力におすがりしようやまいかい」

当時、両村の猿の口無の墓所の正面に建つ、死者と最後のお別れをする名号碑は、木材であった。中一色村と平松村では相談の上、翌年の寛政七年（一七九五）三月、村人たちは爪に火を灯すような生活《くらし》のなか、資金を出し合い、りっぱな「南無阿弥陀仏《なむあみだぶ》」の名号碑を建立した。

この碑の開眼供養《かいげんくよう》にあつまった村人は、

「おお！　なんと立派な碑よ。この名号は平松城のお殿さんの書《しょ》やそうな。まるで仏《ほとけ》さんのようなやさしい書体《しょたい》やないかい。ありがたい。ありがたい。きっとご先祖さんは、わしらの村をお守りくださるに違いないほん」

と囁きあった。そして、この名号碑の後方に「中居《なかい》」と刻銘された小さな碑が、この名号碑をお守りするかのように建てられた。中居家は日根野織部正の重臣として平松城を支えてきた家柄だった。

村人の思いが、神仏に通じたのだろうか、やがて未曽有《みぞう》の天候不順や飢饉や疫病も徐々に収まっていった。ちなみに、白木のままで押立神社に奉納された神輿が現在のように完成したのは、寛政六年の「ドケ祭り」から、実に四年もたった寛政《かんせい》十年（一七九八）のことであったという。

時はすぎ、猿の口無の墓地の名号碑が新調されてから五十八年がたち、第四回目の「ドケ祭り」から六十年後の嘉永《かえい》六年（一八五三）のことである。

「あの忌まわしい大飢饉から、今年はちょうど還暦《かんれき》、つまり六〇年目や。歴史はくりかえすともいうやまいかい。前回《さき》のドケ祭りは寛政六年、今回は嘉永六年や。年号は違っても同じ六年。なんやしらん因縁がありそうや。今年は押立神社で第五回目のドケ祭りが斎行される年や。第四回目の時は日本国中、災難続きやったが、どうぞ今回はほんな災難が降り注がんようにしておくれやす」

押立郷の村人は、そんな願いを込めて、三月に押立神社の本殿前に狛犬《こまいぬ》を設置した。狛犬は魔除けの神獣である。

こうして第五回目のドケ祭りが、四月十七日に押立神社で盛大に斎行され、祭りは滞りなく終了した。

「ドケ祭りが平穏に斎行でけたのも、新たに設けさいてもろうた狛犬さんのおかげや。これからもちゃんとわしらの村から悪病神をうち払ってくだはるにちがいないほん。これで安泰や」

村人みなが喜んでいた翌年の安政元《あんせいがん》年（一八五四）六月十四日の丑《うし》の刻《こく》（午前二時ごろ）、東近江を大地震が襲った。

人々が深い眠りに入っていたときである。

「こ、これはごつい地震《ゆれ》や！　家がつぶれるぞ！」

中一色村と平松村の人々は飛び起きて、ほうほうの体《てい》で家から這いでた。

ところが、両村では家財が倒れた程度で、家がつぶれるほどの被害はなかったのに、近隣の村々からは「家が全壊した」、「つぶれた家屋《かおく》で、人が圧死《あっし》した」、

「火が出て村の八分がたが焼けてしもうた」などの被害情報が、続々と飛び込んでくる。

「どえらい地揺《じゆ》れやったのに、わしらの村はまったく被害がでんかった。これもみんな、ご先祖さんがわしらをお守りくだはったのや」

両村の村人は家族全員の無事と、村内安穏《あんのん》を先祖に報告しようと、猿の口無の墓所にやって来た。すると、墓地の正面、「南無阿弥陀仏」の名号碑がふたつに折れて、ぶっ倒れているではないか。村人たちは顔を蒼白《そうはく》にして、

「ひぇ〜、どえらいこっちゃ！」

と口々に叫びながら村長《むらおさ》の屋敷《やしき》に駆《か》け込んだ。

「どないしたのや」

村長が尋ねると、村人はことの次第を詳しくかたった。

さっそく、中一色村と平松村の村役人があいよって、

「倒れて折れた名号碑をあらたに建てなおすべきか、ほれとも修復すべきか。いずれにせよ早いことせんと、ふたたび六十年前のような、どえらい災難にあうぞ」

と議論《ぎろん》がかわされた。

「墓碑《ぼひ》に傷や欠《か》けがでけるということは、不吉《ふきつ》の兆候《ちょうこう》やぞな。絶対《ぜったい》に新《さら》にやり直《なお》すべきやほん。六十年前の大災難の二の舞はごめんじゃからな」

あらたに再建を主張する者、また反対に、

「とんでもないことを言うもんやない。今から六十年まえ、あの大飢饉で飢えと疫病で食うや食わずの苦しい時代に、わしらの祖先は木の卒塔婆を石に変え、これが自然に尽きるまでお守りしようと誓って建立された碑やないかい。ほれをわしらの代《だい》で簡単に捨《ふ》ててしもてはならん。修理して、お守りするのが先祖への功徳やないのかい」

村人の意見が二分した。

碑は南無阿弥陀仏の「陀」の字の部分が、向かって左から右下にかけて約三十五度の角度でぽっきりと、二《ふた》つに折れている。その修復は、容易《ようい》なことではない。折れた碑の傷口面《きずぐちめん》の上下の何ケ所《なんかしょ》かにホゾ（穴）を彫《ほ》り、そこに金属のシンを入れて繋《つな》ぐ方法しか考えがつかない。ところが、この御影石と同じ膨張率《ぼうちょうりつ》で錆《さび》や腐敗《ふはい》に強い金属や、現代のような強固な接着剤《せっちゃくざい》やセメントなどない時代《とき》である。たとえそれを、いっとき修復《しゅうふく》したとて、十年もしないうちに、折れた傷口から錆や汚れが噴出《ふきだ》して腐《くさ》りだすに違いない。

「もはや新《あら》たに建立するしか、策《さく》がないほん」

「ほうや、ほや」

村人の多くの意見が碑の新築に傾きかけた、と、その時である。

「ゼニをかけて新《さら》に建てなおすのはいたって簡単なことや。ほやけんど、この碑は先祖が、苦心惨憺《くしんさんたん》して建立してくだはって以来、六十年の今日《こんにち》まで村を見守ってくだはった大切な碑やないかい。ほれをむざむざ、ここで壊して捨《ふ》てるとは、ご先祖の意《い》に反することや。まさに新設して喜ぶのは石屋だけですわいな。へへへェ」

と笑って口を開いたのは、織田信長《おだのぶなが》の安土城《あづちじょう》や、豊臣秀吉《とよとみひでよし》の大坂城《おおさか》の築城に活躍した穴太一族《あのういちぞく》の流れをくむ、石工《いしく》の久右衛門《きゅううえもん》である。

「ほ〜う、久右衛門さん、この碑を新《さらあ》にしたら、石屋のおまはん（あなた）が儲《もう》かりますのやで。ほれやのに何《なん》で直すと言わはりますのや。おまはんが、いまここで修理をしたら、まさかこれから先、百年《ひゃくねん》でも、もつ、とでも言わはりますのかいな」

村役人のひとりが、なんぼ名工の久右衛門が修理したとて、「数年しかもつもんかい」とばかりに、バカにしたようにせせら笑って言う。ほかの村役人たちも、折れたその傷口から水が入りこみ、芯に入れた金属は腐敗をし、また冬《とう》期《き》にはその水が凍結《とうけつ》して膨張《ぼうちょう》し、本体をも破壊《はかい》してしまうにちがいない。「ものの二《に》、三十年《さんじゅうねん》ももてば、エエほうや」と思っている。

ところが久右衛門は、笑みを膨らませて、こう宣言した。

「たとえ今回のような大地震、またはどんなに激《きつ》い大風《おおかぜ》が吹きましょうと、百年はおろか二百年、三百年の時を経《へ》ましょうと、びくともせんように修理をさせていただきますが、どや!」

久右衛門の力強い一言で、村人全員一致で、「修理すべき」に意見がまとまり、名号碑は倒れてから僅か八日後の六月二十二日に立派に修復された。そして両村の僧があいよって盛大な修繕供養がとりおこなわれた。

「これでご先祖が苦心惨憺《くしんさんたん》して建ててくだはった思いに報われそうや。この碑が朽ちるまで、未来永劫《みらいえいごう》にしっかりとお守りしていこう」

村人は胸をなでおろした。その時の両村の村役人は、源治、佐平、長四郎、与左ェ門、八右ェ門、甚六、利右ェ門、庄右ェ門、伝兵衛、勘介、安兵衛、定治、久右ェ門、長義、源七、新七の十六名であった。

ところが、名号碑が修復されて三日後の六月二十五日、再び大地震が村をおそった。

「えらいこっちゃ。こんな大揺れじゃ、もとのもくあみじゃ！」

久右衛門の修復に不信感を持っていた村人の一人が、猿の口無の墓所へとんでいった。すると、名号碑はけなげに凛と立っていた。

「おお、今はなんとか立ってはおるが、どうも危なかしいもんや。はたして大事ないかいな」

男が折れた名号碑の上部を手で軽く揺すってみた。

すると、名号碑の上部がグラグラとゆれた。

「えらいこちゃ！　これではいつ倒れてもおかしゅはないぞ」

男は村長の屋敷に駆け込んできた。すると村長は、

「ほれが、久右衛門さんのウデ（技術）やないのかい」

村長は自分なりに理解していた久右衛門の技術を語った。名号碑は斜めに折れて上部が七割、下部が三割、それをがっちり固めて接続すれば上部にエネルギーがモロにかかってしまう。ところが、接続部に遊びがあれば、上部へ加わるエネルギーは減少するのだ。

199 名号の碑

「すなわち、起きあがり小法師《こぼし》の原理じゃ。わかったかい」

ちょっと説明に、無理があるかもとは思ったが、村長は得意顔で笑みをふくらませた。

それから四ヶ月後の十一月四日にも、大地震が村を襲った。が、やはり名号碑はビクともしなかった。

「倒れたあの時にも勝る大地震《おおゆれ》やったのに……、名号碑は、どーもないぞ。これやったら末代まで安心や」

さすが名工の久右衛門さんの修復技術やと、村人は胸をなでおろした。

こうして「南無阿弥陀仏」の名号碑は、幾多の地震や台風にも耐えて、日清、日露、第二次世界大戦などの犠牲者の霊をみおくり、修復されてから百六十年の間、びくともしなかった。ところが、近年、阪神大震災や中国の四川大地震の死者・行方不明者約八万七千人、スマトラ地震の死者二十二万人等、世界各地の大きな地震や災害等をメディアで知るたびに、この傷ついた古碑《こひ》に危機を感じた人たちが、

「この名号碑は寛政七年に建立されて以来、二百十五年も経《た》ってる古《ふる》いもんや。しかも、これは、百六十年も前に地震で倒れて、折れた碑やないかい。こんな

危ないもんを残しといたらあかんがな。もし、これが倒れて怪我人《けがにん》でもでたらえらいことになる。はやいとこ、新しく建替《たてか》えようやまいかい」

との意見で、平松村と中一色村の役人があいよって衆議《しゅうぎ》一決《いっけつ》、平成二十一年(二〇〇九)八月二十三日、総工費金百六十八万円で古碑はそっくり新しい碑に建てかえられてしまった。

その建てかえ工事を見た村人の中には、「古いあの名号碑の傷口は倒れてから百六十年も経《へ》たのに、錆ひとつ出ていないほどきれいでしたわ。現代でも考えつかないほど優れた技術で修復されていたというのに」と言い、またある村人は「あの名号碑は中一色村と平松村の文化財や。ひとまわり大きな石をくりぬいて、その中にこれを収《おさ》めて、永久《えいきゅう》に保存したらどや」と提案《ていあん》した者や、「穴太の秘法をぜひとも解明《かいめい》してほしい」と願った人々もいたとのこと。これを知った筆者も、この旧の名号碑を墓地の土中にでも埋め、「後世の研究者の追考資料にしてほしかった」と望んだが、それも夢とついえた。

工事を請け負《う》った石材業者は、「ゼニのかかる、ほんな面倒《めんどう》なことはようせんかったんとちがうかな。わしらは役人の指図《さしず》で動《うご》くだけやさかいにな」と、全くこの穴太の秘法を解明することもなく、また、名号の拓本《たくほん》を採ることもなく、名号碑の後方《うしろ》にあった中居家の古い碑も、共に、そのままクレーンでトラックに乗せ、京都の業者に払いさげて処理を依頼した。ところが、この京都の処理業者の店主は碑を引き取った直後に死亡、事業所も潰れ、この碑の行方はまったく知れなくなった。

なお、新しく建立された碑の名号の文字は、旧の「南無阿弥陀仏」の名号をデジタル化して機械彫りしたものである。

「碑は新《さらあ》にはなったが何やしらんが、有難味《ありがたみ》がのうなったもんや。なんでも古いもんを壊して新《さら》にやり直すのやて。これも時代の流れやなー」

と嘆く村人もいた。

ある和尚は、

「名号碑の後方《うしろがた》に建っていた中居の碑の子孫と言われる老女が、その碑の行方がしれなくなったのを悩んで、気がヘンにならはったそうや」

と眉《まゆ》を顰《ひそ》めて瞑目した。

筆者が平成二十五年七月二十七日の朝、猿の口無へ墓参すると、新設された名号碑の後方《うしろ》に、角材とヒモで約百センチ角の結界《けっかい》を設け、その中ほどに小さな石が安置して、それに香華が供えてあった。それはある寺の和尚が語った先の老女がお祀りしたものだろうか……。

注1・天明の大飢饉

東北《とうほく》地方を中心に深刻な被害がでた。天明二年（一七八二）の冷害で米の収穫量が少なかったところに、この年も春から風雨が続き、初夏になっても寒さが残るきびしい天候不順《てんこうふじゅん》になった。それに加えて七月に浅間山《あさまやま》の噴火で関東・甲信越から東北地方にまで火山灰が降り、日照《にっしょう》をさえぎったために冷夏が続いた。杉田玄白《すぎたげんぱく》の『後見草《のちみぐさ》』によると、人々は、牛・馬・犬や草木の葉や根など、食べられるものはすべて食べつくした。やがてはわが子の首を切り、頭皮をはがして火であぶり、頭蓋骨《ずがいこつ》の割れ目にヘラをさしこんで脳味噌《のうみそ》をかき出して食べたという。他の史料でも、餓死《がし》した母親を娘が食べたとか、ある家では姑《しゅうと》が隠した食料を自分だけが食べたため、その娘は仕方なくわが子を殺して食べた例が記されており、またある家では焼いたり塩漬けにした人肉が三十八人分もあったという。大坂、江戸でも、米の高騰に米穀商への打毀《うちこわ》しが頻繁《ひんぱん》に起きる世相不安《せそうふあん》、天明時代が終わろうとする天明八年（一七八八）一月三十日、京都では応仁《おうにん》の乱《らん》を上回るこれも史上最大規模の火災が発生し、御所《ごしょ》（禁裏《きんり》）や二条城《にじょうじょう》・京都所司代《きょうとしょしだい》まで京都の八割以上が灰燼《かいじん》に帰した。また大坂では翌年の寛政《かんせい》元年（一七八九）の「上町大火」、またその二年後の寛政三年（一七九一）十月十日、寅の刻（午前四時）、南堀江・伏見屋四郎兵衛町（現・西区南堀江）より出火、南北堀江、島之内を焼き尽くし、焼失町数は八十七を数える。寛政四年（一七九二）「中船場大火」と立て続けに大きな火災が生じ、この三つの大火による焼失町数を合わせると大坂の三分の一に達する被害を受けた。これらの大火に、「飢餓でやけくそになった者《もん》が打ち毀しをしたのち、放火しよったんや」と噂がたったという。

まいらぬ地蔵

東近江奥村《おく》の仙助《せんすけ》に、「おふじ」という働き者のカカァ（妻）がいた。おふじは三俣村《みつまた》の称名寺《しょうみょうじ》の門前に祀られた、「前羅の地蔵《まえらめ》」に毎日香華《こうげ》をお供えして深く帰依していた。ところがどうしたことか、それに反して夫の仙助は無信心で、仕事せんすけ、のむ、打つ、買うの小悪人だった。

そんなある日のこと、愛知川堤の賭博場《とばくば》で、仙助は丁半《ちょうはん》バクチに加わって、小幡の雲助《くもすけ》に大負けをした。

仙助は、悔《くや》しくてならない。

「ようよう壷《つぼ》の目が読めてきたというのに、もうちょっと銭《ぜに》があったら、元手《もとで》を取り戻せた上にお宝をたっぷり頂戴できるというもんやが……、誰ぞ、銭を貸してくれる奴はおらんやろうか。なんとか、ならんもんかいな」

顔見知りの賭博仲間に頼み込んだが、誰ひとり、

「無理、むり！」

　と顔をそむけ、仙助に銭を貸してくれる者はいない。

「ちぇッ、資金が無《の》うてはドモならん。久しぶりにカカァの所《とこ》へ帰《い》んで、銭の無心をしてみるか。おふじはきっと、頭からツノをはやしているに違いない。くわばら、くわばら。せやけど、大勝《おおかち》したらいっぺんに機嫌がようなるというもんや。早よ帰《い》んで元手の無心をするか」

　仙助は脳裏に、おふじの不機嫌な顔を浮《う》かべながら、称名寺の前まで戻ってきた。すると、門前の地蔵堂が目に入った。格子戸から中を覗くと、等身大のりっぱな木づくりの地蔵があった。

「これはカカァが信心しておる前羅の地蔵やないかい。エエ物《もん》を見つけたもんや。これを熊吉《くまきち》のところに持っていきゃ、いくら値切《ねぎ》りおっても三百《さんびゃく》文はくだらんやろう。へへへーェ」

　仙助は値踏みしながら、地蔵堂に忍び込み、地蔵を背おって八日市村を目指した。その行き先は屑《くず》もの屋（古物商）の熊吉の店である。売り飛ばして、バクチの元手にしようとの考えだ。

　ところが、仙助が地蔵を背負って奥村《おくむら》堤まできて小坂を上がろうとした途端、急に地蔵が石のように重くなり、足がつんのめってしまった。

「いてぃ！　なんでや？」

仙助は不思議に思って、肩ごしに、背の地蔵を見ると、

「まいらぬ、まいらぬぞ」

と声がした。

仙助は驚いて飛びあがった。気の弱い小悪人である。

「地ッ、地ッ、地蔵さんが喋ったッ。ひッ、ひゃーぁ。こ、許《こら》いておくれやす。とんでもない悪巧《わるだく》みをしてしまいました。元にお返しいたします。ナンマイダァ、ナンマイダァ」

と謝った。すると急に、地蔵が軽くなった。

「うん？」

仙助は首をかしげた。

「どうも、これはおかしいぞ……、地蔵が話したり、急に重くなったり、軽くなったりするはずがない。ほーや、これはきっと、奥村堤の悪キツネが、わしをだましやがったのや、ほーに違いない。よおーし、キツネなんどに騙《だま》されるもんかい」

再び仙助は悪心をだし、地蔵を背負って八日市村に向かって歩きだした。すると、十歩も行かぬうちにまたもや、地蔵がずっしりと石のように重くなり、足がしびれて歩けなくなってしまった。

「いて、いてていーッ」

驚いた仙助は、

「悪ギツネのいたずらやと思ったが、やっぱり、これは仏罰やったのか」

と改心し、「許《こら》いとくれやす、お地蔵さん」と謝った。

するとおぶった背の地蔵が、

「仙助、元の地蔵堂に帰《かえ》ろうよ」

という。

「は、はい。二度とこんな悪いことはいたしません」

ふたたび仙助が謝ると、地蔵はたちどころに軽くなり、しびれた足もたちどころに元に戻った。

さっそく仙助は、地蔵をもとの地蔵堂に安置した。それ以降、カカァのおふじと共に、この地蔵堂に香華をお供えする仙助の姿が見られるようになった。

やがて仙助は、村一番の働き者になったという。そして、地蔵が喋った、「まいらぬぞ」が転訛して、この地蔵は「前羅《まえらめ》の地蔵」と呼ばれるようになった。

白水池

東近江の平田地区に広がる田園地帯のまん中に、いにしえ人たちの伝説を今に残す御沢《みさわ》神社がある。この社は、推古天皇（五九三～六二八）の御代、聖徳太子がこの一帯を開墾されたおり、蘇我馬子《そがのうまこ》に命じて造らせた田養水（溜池）の護り神として創建されたものである。聖徳太子ゆかりの溜池は三つあり、北から南へ順に「清水池、白水池、泥水池（現・濁り池）」が並ぶ。このうちで今に、白蛇《しろへび》との悲恋伝説を残すのが、白水池である。

今からおよそ千二百年前、宝亀五年（七七四）のこと。小野時兼《おののときかね》は、近江国蒲生郡雪野山の麓の雪野寺《ゆきのでら》注1のご本尊・薬師瑠璃光如来《やくしるりこうにょらい》を深く帰依していた。時兼は大和国（奈良県）吉野の住人で、その優れた人格風貌の名声は他国にまで高まっていた。

ところがどうしたことか、ある時、時兼は病《やまい》にかかり、体が弱って両眼もほとんど見えなくなってしまった。そこで時兼は雪野寺の薬師瑠璃光如来の霊験を得るために、近郷の河森《かわもり》（川守）村に住《すま》いし、寺に朝夕参籠して病平癒を祈願した。すると、時兼の病は次第に快癒していった。

ある冬の午後、外はまれにみる大雪であった。

時兼のもとに傭人《ようじん》の翁が部屋に伺候《しこう》してきた。

「何か、急用でもできたのか？」

時兼は問うた。

翁は部屋の隅に平伏し、

「旅衣《たびぎぬ》に身を包んだ姫が、この大雪で道に迷い、一夜《いちや》の逗留《とうりゅう》を請《こ》い願っておりまするが、いかがいたし候《そうろう》や」

と尋ねた。

「ほう、この大雪にな！　それはお困りであろう。して、お側《そば》ご用人《ようにん》の方々は、いかほどおられるのか？」

時兼が問うた。ところが面妖《めんよう》なことに、

「それが、おひとりに候」

と、翁は答える。

「なんと！　この大寒に供も連れず、姫がおひとりで旅をなされていると申すのか。うむ……」

時兼は首をひねりながら翁のあとについて応接に出た。そして、驚いた。なんと見目うるわしい姫が、旅衣に雪の跡をのこし、表口に立っているではないか。不憫《ふびん》に思う気持ちに背を押された時兼は、

「おおー、ようお訪ねくだされた。この雪原《ゆきはら》をさぞ、難儀《なんぎ》されたであろうに。ささ、ひとまず屋敷内へお上がりくだされ。すぐに熱い白湯《さゆ》でもしんぜましょう」

姫を暖のある部屋に招き入れ、翁に命じて、その夜の夕膳の支度を急かせた。

姫は名を、「美和《みわ》」と告げた。ところが、

「何か大きな災難にでもあわれたのか？」

時兼が事情や素性《すじょう》を問うても、

「両親や供の者たちとは行きはぐれました」

と言うて、泣き崩れるばかり。

「ふむ？」

時兼はまたも首をかしげた。だが、そんな不審《ふしん》をも忘れさせるほど、美和姫

はたいそう美しく、富士額《ふじびたい》に黒髪が梳《す》かれ、高眉《こうまゆ》の目《め》も、整った鼻筋《はなすじ》も、口もとも悲しみに沈むほどに、時兼の情を掻《か》き立てた。

お互い、若さがほとばしる美男と美女。袖振《そでふ》るも何かの縁、日々が過ぎゆくうちにふたりの心はほどけていく。やがてふたりは恋に落ち、愛を結んだ。こうして幸せな日々が過ぎていった。


三年が経った、ある日のこと。

美和姫が突然、

「奇《く》しき宿縁に引かれて夫婦になりましたが、ゆえあって、もはやこれ以上、あなたさまと共に、この邸《や》で暮らすことができなくなりました」

深刻な面持ちで、時兼に別れを告げる。

時兼は驚いた。

「な、何ゆえ唐突に、さようなそらごとを申すぞ」

「そらごとではございません。実はわたしは、平木の御沢の主《ぬし》でございます」

御沢の主とは、御沢神社の白水池に住う白蛇のことだった。

時兼の顔が一瞬、引きつった。

「なにゆえに、おまえが御沢の主と申すぞ？　戯れにもほどがある」

時兼は、「それは戯れであろう」とふたたび聞く。すると、美和姫は、「実は、わたしは……」と、次のように今までの事の経緯《いきさつ》を有り体に語りだした。

藤の花が満開の初夏のある日のこと。

三沢の白水池のほとりを通りかかった時兼を、美和姫は一目見るなり忘れがたくなり、

「時兼さまのお側へまいれるならば、たとえわたしの命が果てようとも」

と、御沢の神に頼み込んだ。

すると御沢の神は、「おまえの望みをかなえよう。ただし、三年を期限にじゃ。それでもよいか」と問うた。

美和姫は、「たとえ一時《いっとき》でありましょうとも……」と答えて、承知した。こうして、美和姫は女の姿に身をかえて、時兼の元に姿を現したのだった。

「御沢の主であろうと、わしはかまわぬ。どこにも行かないでくれ」

時兼は必死に、美和姫を引き留めた。

だが、美和姫の決意は固い。

「ならば……」と、美和姫は懐《ふところ》から小さな箱《はこ》を時兼の膝元にさしだし、

「これは形見《かたみ》の玉手箱《たまてばこ》でございます。これをわたしと思ってお側に置いてくださりませ。ですがこの箱は、どんなことがありましょうと、今より百日が過ぎた次の夜明けまでは決して開けないでくださりませ。その約束をお守りくださりますれば、わたしはふたたび、元の姿で戻れましょう」

と告げて、ふっと、その場から煙のごとく消え失せた。

時兼は、片時も美和姫のことが忘れられない。

「おまえの残した玉手箱は大事に手元においておるぞよ。そなたとの約束、百日間は開けずにおるぞ。たとえそなたが、御沢の主であろうと、白蛇であってもよい。かならず戻ってまいれ、わたしのもとに……」

こんなおもいを抱きながら時兼は雨の日も、雪の日も、御沢の池に通いつづけた。こうして、美和姫が去って百日目の夜になった。

「おお、待ちかねたぞ、美和姫よ。今宵《こよい》でちょうど百日目じゃ。もはや一時も待てぬ。元の姿で戻って参れ」

時兼は一刻も早く逢いたい気持ちに背を押されて、「美和姫よ」と呼びながら、玉手箱をパッと開けた。するとモクモクと紫雲が立ちあがった。そして、御沢の方にたなびいていく。やがて紫雲はたち消え、我に戻った時兼が、玉手箱の中を覗くと、その底に小さな鐘があった。

「おお、美和姫はこの鐘を叩けというのか。この音《ね》に導かれて、戻ってくるつもりなのか……」

時兼は毎日、まいにち、「カーン、ガーン」と、その鐘を叩きつづけた。

ところが、美和姫はいっこうに戻ってこない。

それは時兼が、美和姫を待ちかねて気が急いたあまり、美和姫が告げた「百日目が過ぎた次の夜明けまでは」との言葉を失念していて、玉手箱をあけたのはまだ、百日目の夜だったのだ。

それに気づかなかった時兼は、

「この音《ね》よ。御沢の池に、もっと大きく届けよ」

と願って叩き続けた。するとその鐘は、叩くごとにだんだんと大きくなり、やがて高さ一・一六メートルの梵鐘《ぼんしょう》になった。そして、その梵鐘の龍頭《りゅうず》に龍が巻きつくようになった。近郷近在の村人は、「人の姿に戻れず、時兼さま恋しさに、美和姫があの鐘にとりついたのや」と噂した。

現在、龍王寺の鐘の龍頭は白布でかくされている。なぜなら雨乞《あまご》い祈願のとき以外に龍頭をあらわにすると水害が起きるからだという。

もしも時兼が、美和姫の言葉を失念せずに、百日目の次の夜明けまで玉手箱を開けずにいたら、はたして美和姫は、人の姿に戻れたのだろうか。

毎年五月上旬に、御沢神社の境内では、藤の花が満開になる。花見に興ずる人たちは今も、どこかで、美和姫がほほ笑みながら藤の花をながめていそうな気がするという。また、白水池は幅五メートル、長さ十二メートルあまりの細長い池で、今は隣の濁り池とつながっているが、池底からは常に清水が湧き出している。その水脈の一つは本殿前に引かれており、御沢の名水「神鏡水《しんきょうすい》」として名高く、参拝者に授けられている。やわらかな口当たりで、ほのかな甘みがある。県内外の人たちがポリタンクを片手に汲みに来られているが、この水を使うと、おいしいご飯が炊けるという。御沢神社の木村久恵宮司にうかがうと、「おいしい水が出るのは、御沢の主（白蛇）のおかげです。神さまへの感謝の気持ちを忘れずに水を汲んでほしい」とのこと。なお、この神鏡水は、病気平癒、縁結び、安産、諸願成就のご利益があるといわれている。

注1・龍王寺

寺伝によれば、和銅三年（七一〇）、元明天皇の勅願で行基《ぎょうき》により雪野寺として創建《そうけん》された。通称を「野寺」という。雪野寺跡からは奈良時代の塑像断片が出土しており、古代からこの地に寺院が存在したことが窺われる。寺には奈良時代作の「野寺の鐘」と呼ばれる梵鐘《ぼんしょう》（重要文化財）があり、美男と大蛇の伝説が残されている。火災時には鐘堂から水を噴いたり、旱魃時に雨乞いをすると慈雨に恵まれるなど、霊験あらたかな梵鐘として名高くなったことから、寛弘四年（一〇〇七年）一条《いちじょう》天皇が龍寿鐘殿《りゅうじゅしょうでん》の勅額《ちょくがく》を下賜《かし》し、「雪野寺」から寺号を「龍王寺」に改めたという。毎年旧暦八月十五日中秋の日に、喘息《ぜんそく》病をへちまに封じ込める「へちま加持祈祷」が行われる。このことから「ぜんそく寺」、「へちま寺」とも呼ばれている。

とどろき狐

時は明応元《めいおうがん》年（一四九二）の弥生（旧暦三月）。

第十代将軍の足利義植《よしたね》が、安富元家《やすとみもといえ》、織田敏定《おだとしさだ》に命じて、近江国の守護・佐々木六角高頼《ろっかくたかより》を攻めさせた。世に言う「簗瀬合戦《やなぜかっせん》」[注1]である。

「まずは、前線にある観音寺城の支城、小幡の吉居館《よしいやかた》を攻め落とせ」

　安富元家軍が愛知川堤まで攻めてきた。

　ここを守るのは観音寺城主・六角高頼の被官で小幡城主の吉居三河守頼定《みかわのかみよりさだ》である。ところがどうしたことか、元家軍が愛知川の河岸まで来ると、濁流《だくりゅう》が滔々《とうとう》と川幅いっぱいに漲《みなぎ》っているではないか。

「この流れでは、一兵の渡河もできぬわ」

　元家はしかたなく、愛知川村に布陣して水が引くのを待った。だが、次の日も、また次の日も、いっこうに水は引きそうにない。

「鈴鹿の山並みも明るく、雨の降った気配もない。なのに水が引かぬとは……、面妖《めんよう》なことがあるものよ」

不審に思った元家は、軍師の宝慈院治尊に尋ねた。

「これは狐狸魔性《こりましょう》の類《たぐい》の仕業《しわざ》に相違ございません。猛犬を愛知川堤に放てばよろしいでしょう」

治尊の進言で、猛犬数匹が愛知川堤に放たれた。猛犬は少しも恐れず濁流に飛び込んでいく。すると、たちまち濁流は消え、砂利河原になった。

「やはり狐狸魔性の仕業であったのか!」

こうして河を渡った元家軍は、小幡の吉居館に攻め込むことができた。

吉居館ではすでに、観音寺城主・六角高頼が甲賀に退陣した、との報せが入っていた。吉居頼定以下、将兵は、

「われわれは、ここに少しでも敵兵をとどまらせて、無事にお館(六角高頼)さまを甲賀へご避難させねばならぬ」

と、安富元家軍に挑み続けていた。ところが、孤軍奮闘するも元家の大軍には敵し得なかった。頼定たちは吉居館をすて、敵を切り払い、退路を開いて高

頼の居る甲賀に向かって奥村堤までのがれてきた。

ところが、元家の追手は、頼定を逃がすではないぞ。必ず討ちとれとばかりに、どこまでも追ってくる。

頼定の兜《かぶと》は落ち、鎧《よろい》は裂け、太刀もすでに折れてしまっていた。

「もはやこれまでか……」

堤の松の根元に座った頼定は、もろ肌脱《ぬ》いで短刀を手に、自刃《じじん》しようとした。と、その時である。天から声が降ってきた。

「お殿さま、お早くこの木に、お登りくださりませ」

その声に、われに戻った頼定が樹上を見上げた。すると、スルスルと、松の樹上から縄梯子《なわばしご》が降りてきた。

「どうぞお早く……」

声に導かれるまま、頼定が梯子に足をかけ、かろうじて樹上によじ登った。と、すぐにけたたましい軍馬《ぐんば》の蹄《ひずめ》の音が迫ってきたが、敵兵は頼定に気づくことなく、松の根元を通りすぎていった。

頼定が昇った松の葉陰から吉居館に目を向けると、炎々と立ち上がった黒煙《こくえん》が、城をすっぽり隠していた。箕作《みつくり》・和田《わだ》・梁瀬の各城も、炎に包まれているのが見える。頼定にはすでに従う将兵もなく、どうにか鎌掛峠《かいがけ》に差し掛かった時、日はとっぷりと暮れていた。月明かりも、星あかりもない。あたりは真《ま》っ暗闇《くらやみ》。

方角さえも判らない。

頼定は手探りで地を這うようにして峠の頂まで来た、とその時だ。

「お殿さま、お待ちしておりました」

闇の向こうから声がしたかと思うと、急に辺りが明るくなった。一匹の白キツネの尾の先が、あかあかと、松明《たいまつ》のように燃え盛っているではないか。

「おお、おまえは……」

「あのときの、とどろき狐でございます」

頼定の脳裏に、一年前の記憶が甦ってきた。それは奥村堤で愛馬の訓練をしていたときのこと。一匹の大きな白キツネが数匹の野犬に追っかけられていた。そのキツネは頼定の乗る愛馬の足元にきて、「助けてください」というような仕草で頭をぺこぺこと下げた。すでに、白キツネは後足から血を流していた。

「助けてやろう」

頼定は愛馬から飛び降りると、持っていた長槍《ながやり》を振り回し、野犬を追っ払っ

223 とどろき狐

た。そして頼定は、キツネを館に連れ帰り、傷ついた足に薬をつけて治療をしてやった。

すると、その夜のことである。

夢かうつつなのか、頼定の枕辺に白いキツネが現れて、

「わたしは奥村堤に住まいする、とどろき狐でございます。お助けくださいましたご恩は決して忘れません」

そう言うと、ふっと消えた。

「なんの、キツネごときが。そんなことを言うはずがない。疲れたのであろう、変な夢見をしたものじゃ」

と頼定は思っていた。

今思い返してみると、愛知川に濁流を作って敵軍を阻《はば》んでくれたのも、もはやこれまでと自害するところを縄梯子で救ってくれたのも、そして今、闇夜で行方に迷った頼定を自らの尾に火をともし、甲賀へ落ち延びさせてくれようとするのも、このとどろき狐の恩返しであったのだ。

その後、頼定が身を隠した奥村堤の松は、「身隠しの松」と呼ばれるようになったという。

注1・簗瀬合戦のその後

六角高頼は明応元年（一四九二）三月、簗瀬の合戦（東近江市五個荘簗瀬町）で大敗し、攻め来る幕府軍に対して甲賀山中にあって攻防戦をくり広げていたが敗退、甲賀から伊勢方面に姿をくらました。しかし、同二年（一四九三）四月、細川政元による将軍義植の追放と、次期将軍義澄の擁立工作などで幕府権力が衰退した。そのため、六角高頼征伐は有名無実化した。なおも足利義植に任命されていた近江守護六角虎千代が、同年十月、政元によって更迭され、山内就綱が新たに守護に補任されたが、それを高頼に阻まれた。近江から一掃したと思い込んでいた幕府も、再び息を吹き返した高頼に打つ術がなく、ついに折れ、同四年（一四九五）赦免して、近江国守護に再任命した。

化かす狐を見た男

ある晩秋の夕方のこと。

川向こうへ所用で出かけた高野村の若衆・逸平《いっぺい》が、愛知川堤まで戻ってきた。

この堤に一本のヒノキの古木がある。大人三人が両手を広げて幹のまわりを囲んでも、囲みきれないほどの巨木である。村人から「堤を護る霊木《れいぼく》」と崇《あが》められていた。ところが近頃、村人の間で妙なウワサが立っていた。陽がとっぷりと暮れ落ちると、この霊木のあたりに、キツネが若い女に化けてでる、と、いうのである。

「なーに、わしはほんなモンに、化かされはせんぞ」

逸平は自らを鼓舞《こぶ》しながら、ふと、その霊木の陰から土手の下に目をやった。

すると、大きな一匹の白キツネが、目に飛び込んだ。

「おッ!」

とっさに、逸平は草むらに身を隠した。

「しめしめ、幸いキツネは、このわしには気づいておらんようや。きっとあいつはウワサのキツネに違いない。はたして何に化けよるのか、見てやろう」

ややして、キツネはヒノキの落葉《おちば》を一枚拾い、頭に載せた。

「おッ、いよいよ化ける準備にとりかかりよったぞ。はたして何に化けよるのかな」

逸平が目を皿のようにしていると、キツネは、クルッ、と田楽返《でんぐりがえ》りをし、たちまち、若い女の姿に化けた。

「ほお！　なんと美しい女やないか。ほれで、あの女はこれからどないしよるのやろうか?」

と思っていると、女はスタスタと逸平の住む高野村の方へ足をはやめていくではないか。

「わしらの村に行きよるようやが、はたしてどんな悪さをしよるのやろ?」

逸平は、そーと、女のあとをつけた。

女は村の若衆仲間の文四郎の家の前でたちどまった。そして、表戸を、とんとん、と叩きだした。すると、表戸が開いて文四郎が、ヌーッ、と顔を出した。

文四郎はキョロキョロと周囲に目を配っている。ダレもいないのを見定めているようだ。得心したのか、文四郎は女の肩に手をそえると抱《かか》えるようにして、家の中に誘い入れた。

「へぇー、これは驚いた！　あの女と文四郎がなー。どうりでなんぼ、わしらが縁談をすすめても、承知しよらんはずや！」

文四郎は早くに両親を亡くし、年齢《とし》も三十歳になろうかというのに、いまだにひとり暮らし。村の若衆仲間がいくら縁談を進めても、

「ほの内《うち》に、ほのうちに……」

と、ナマ返事をくりかえすばかり。

村人も、「なんで所帯を持《も》たへんのや？」と不思議がっていた。

「文四郎め、キツネが化けたあんな女に騙されておったんかい。これで所帯を持《も》っちょらん理由《わけ》が、やっと分かったぞ」

逸平はすぐにも家に飛び込んで、「ほいつは、キツネや！」と、文四郎に報《しら》せてやろうと思ったが、それ以上に逸平のスケベ心が頭をもたげた。

「へへへエ、こんな機会はめったにないぞ。文四郎奴《め》ッ、あの女と、果たして何をしよるのか、ちょっと覗いてみよう」

逸平は家の裏に回って、壁と柱の隙間から部屋の中を覗いてみた。すると、薄暗い行燈《あんどん》に照らされて、すでに女と文四郎が布団《ふとん》の上で手を取り合っている。

「こいつは見ものや！　このあとふたりが何をしよるのか、もうちょっと様子を見てみよう」

逸平は壁の隙間に額《ひたい》を押し付けて、目を皿にした。すると女が突然、帯を解きだした。逸平の胸が、高鳴った。

「こッ、こらあかんがぁー。このままほったらかしとったら、文四郎のヤツめ、すっかりあの女に、精気も性根も吸い取られて、正気に戻れんようになるぞ」

逸平は我を忘れて、叫んだ。

「文四郎！　ほの女はキツネや、おまいは騙されとるんやぞッ！」

ところが、逸平の声が聞こえたのか、きこえなのか、女と文四郎はがっちりと抱きあっている。

「おい、文四郎！　おまいはほの女にたぶらかされているんのやぞッ！」

逸平はさらに壁を激しく叩き、叫けびつづけた……。

そのとき、ひとりの若衆が高野村の鎮守（神社）の森の前を、通りかかった。

すると、参道脇にたつ常夜灯籠《じょうやとうろう》の火袋《ひぶくろ》を叩きながら怒鳴《どな》っている男がいる。よくみると、若衆仲間の逸平だ。

「おい！　逸平やん、ほこで（そこで）何をしてるんやい！」

ところが逸平は、火袋の障子の穴を覗き込みながら、

「おい見てみいや、文四郎が女に化けたキツネに抱きついておるのやッ。いま正気に戻してやらんと、もとに戻れんようになるのや！」

と喚《わめ》くばかり。

「けったいなヤツやなー、これはきっと、逸平はキツネに化かされておるぞ」

若衆は笑いながら逸平の肩先に顔をだし、

「逸平やん、ほれッ、いま、おまいが叫んでいる文四郎や！　なんでここにいるこのわしが、キツネに化かされなあかんのや。しっかりせんかい」

逸平のほっぺたを、きゅっ、と捻った。

その途端、正気にもどった逸平は、

「ケーッ！」

と叫んで、文四郎の足元にひっくりかえった。

うつろ船

近江朝廷を開かれた天智天皇の死後、弘文元年（六七二）、第一皇子の大友《おおともの》皇子《おうじ》と、叔父の大海人《おおあま》皇子の間で王権争い「壬申《じんしん》の乱」注1がおきた。

するとと、建部の大領・建部公伊賀麻呂《たてべのきみいがまろ》のもとに、どちらの陣営からも、「当方に加勢せよ」と誘いがはいった。

この誘いは、天智天皇の他の臣《おみ》たちにも両陣営から入り、どちらに付くかと大いに悩んでいた。やがて時がたつほどに、「地方豪族を味方に付けた大海人皇子の陣営が、優勢である」とのうわさが飛び交ってくるようになった。

だが、伊賀麻呂は、
先帝には多大なご恩をうけ、建部荘《たてべのしょう》の大領にまで取りたてていただいた。お子の大友皇子の陣営に付くべきだ――

と思っていた。生まれて間もないひとり娘の千草姫《ちぐさひめ》を抱いた妻も、家臣たちも、声をそろえて、「そのようになさるのが、人の道でございます」という。

こうして伊賀麻呂は、大友皇子側の陣についた。

ところが、戦が始まると、勝負はあっけなくついた。大海人皇子軍が勝利し、大友皇子は自害した。敗北の陣の将となった伊賀麻呂は朝臣の姓を捨て、「建部連安麻呂」と名をかえて、領下の東近江、伊野部《いのべ》村に落居《らっきょ》し「建部明神社」の社守となって一族郎党を養っていた。だが、伊賀麻呂の妻は夫が、このような境遇に甘んじなければならないのは、自分の所為だと思っていた。

「わたしが、つまらぬ進言をしたばかりに……」

妻は夫の伊賀麻呂が敗戦の将になったのを悩んだすえに、一人娘の千草姫を残して、ぽっくりと死んでしまった。

妻に先立たれた伊賀麻呂は深い悲しみの日々を送っていたが、周囲の勧めもあって、後妻を迎えた。

そして、後妻との間に女の子が生まれた。

その翌春、突然、伊賀麻呂は朝廷から大和飛鳥《やまとのあすか》の宮に呼び出された。そして、越前《えちぜん》の国へ「島流し」の刑を受けた。その理由は伊賀麻呂が、壬申の乱の敗者、大友皇子の武将だったからだ。

伊賀麻呂が島流しの刑を受けて家族のもとを去ると、後妻が一族郎党の実権をにぎった。やがて後妻は、先妻の娘、千草姫が自分の娘よりあまりにも美しく、家臣から慕われていることに嫉妬《しっと》し、継子《ままこ》いびりをするようになった。しかも後妻は、家臣にも横暴なふるまいをするようになり、それに耐えかねた多くの家臣が後妻の元を去って行った。

そんなある日、後妻は残った家臣のひとりを呼びつけて、このように命じた。

「千草姫を、鬼の住まいする鈴鹿《すずか》の山奥へ捨ててまいれ」

だが、その家臣は悩みに悩んだ。天女《てんにょ》の生まれ変わりと言われるほど気立てが優しく、美しい千草姫である。

「そんなことができようか！　殿はかならず罪を許されて、ここにお戻りになろう。それまで我が家で、お匿《かくま》いいたしましょう」

と密かに千草姫に告げ、自分の屋敷に匿った。そして、「捨ててまいりました」と後妻に報告した。ところが、ほどなくして、後妻が千草姫の行方に不信を抱いていることを知り、

「このままでは姫の命が危ない。もはやこれまでか……」

家臣はその状況を千草姫に話し、

「神のご加護《かご》に任せるより手だてがございません。いかなる国へかと流れつき、命ながらえ給え」

と、ヒノキの「うつろ船」注2をつくり、船室に姫を乗せて押し蓋をし、

「だれぞがこの舟を見つけて、千草姫をお救いくださるよう、導きたまえ」

と建部明神社に祈って、愛知川の流れに放った。

やがて舟は琵琶湖に達し、漂《ただよ》うこと幾日か、西へ西へと流れて勢田《せた》（瀬田）へ漂着した。


「見慣《みな》れぬ小舟よ」

網打《あみう》ちをしていた漁り人《いさりびと》の「丸目《まるめ》」が、舟を引き上げた。そして、押蓋をわると、中からパッと五色の光がさした。

「おお！」

五色の光は女神の像からであった。そして、その像を胸に抱いた少女がいた。

「千草姫さま！」

かつてはわが主君と仰いだ建部公伊賀麻呂の娘ではないか！

丸目は後妻の横暴にたまりかねて郎党から出奔し、今は漁人に身をやつして

いたのだ。こうして丸目はそうそうに、湖畔に社を建て女神像を奉り、千草姫を養育した。

それから時がたち、流罪されていた建部公伊賀麻呂は罪を許されて、建部に戻ってきた。ところが千草姫の姿がない。

「千草姫は……どうしたのか?」

伊賀麻呂が尋ねた。

すると後妻は、

「はやり病で亡くなりました」

と告げた。

「おお! 何ということよ。あれほどまでに美しい千草姫が……」

伊賀麻呂は心を痛めた。

そんなある日、天武天皇《てんむてんのう》から伊賀麻呂に、

「勢多庄《せたのしょう》へ任官せよ」

との勅命《ちょくめい》がくだった。かつてその地は、天智天皇の大津京、「保良《ほら》の都」が在ったところである。

「これも運命《さだめ》よ」

伊賀麻呂はこうして、勢多庄へ向かった。

勢多庄に着任した伊賀麻呂ではあったが、千草姫を忘れがたく、

「伊野部の建部明神をこの地に奉還《ほうかん》して、千草姫を祀ってやろう」

と、奉還する場所を探していた。すると、その噂を知った丸目が、伊賀麻呂のもとにやってきて、

「建部明神の宮居はすでに、この地にございます」

と申しのべた。伊賀麻呂は驚くと同時に、不思議に思った。

「なぜこの地に……、建部明神の宮居があるのじゃ?」

と理由をたずねても、丸目はそのことには答えず、「わたしが、ご案内いたしましょう」と、先導役をかってでた。案内された伊賀麻呂が、そこに来ると、すでに立派な建部明神の宮居があった。

「かように立派な宮居を、誰が勧請《かんじょう》したるや?」

と伊賀麻呂は思いながら宮居に近づくと、静々と、美しい娘がでてきた。

その娘こそ誰あろう、忘れがたき、千草姫であった。

注1・壬申の乱

天武元年(六七二)に起きた日本古代最大の内乱。天智天皇の太子・大友皇子(明治三年(一八七〇)、弘文天皇の称号を追号)に対し、皇弟・大海人皇子(後の天武天皇)が地方豪族を味方に付けて反旗をひるがえしたもの。反乱者の大海人皇子が勝利した内乱。名称の由来は天武元年が干支で壬申にあたることによる。

注2・うつろ船

うつろ船はうつぼ舟、かがみの舟ともいわれ、「たまのいれもの」、つまり「神の乗り物」で荒ぶる常世浪を掻き分けて本土に到着したと伝わっていることから「潜水艇のようなものであったのではないか」、と柳田國男は語っている。また、折口信夫は他界から来た神がこの世の姿になるまでの間、入っていたものと説いている。なお、東近江伊良部村に横三十五センチ、縦八十センチ、深さ五十センチのヒノキ材で中を彫り抜いた、相当古そうな角材が保管されている。これはご神体の厨子であったとも、千草姫が流された「うつろ船」のヒナ型であるとも言われている。

持ってけッ

東近江佐野《さの》村の善勝《ぜんしょう》寺[注1]の庫裏《くり》で、和尚《おしょう》の笑いが響いた。

「ひゃ、ひゃ、ひゃー、ほれみなはい、とうとうおまはん（あなた）の大石が死んでしもたやないかいな。どうやら、今日も、拙僧の勝ちじゃな」

碁好きな村の野次馬《やじうま》連中が碁盤《ごばん》の周りを囲んで、和尚の強さに舌を巻く。

和尚の相手は庄屋の徳右衛門《とくうえもん》だ。

徳右衛門は、こめかみに青筋を立て、

「ほやから、さっき〝待った〟をかけましたのに、聞いてくれやはらんさかいにゃ」

負けた悔しさに和尚の無慈悲をなじる。

ところが、和尚は鼻先を天井に向け、

「ふん、とっぱな（最初）に、星目に四つも石を置かいせやったのに何が待ったじゃいな。ほんな、なまくらでは、まだまだ、拙僧には勝てんぞな。ま、もうちょっと修練《しゅうれん》をしなさることじゃな、ひゃッ、ひゃッ、ひゃー」

歯の欠けた口を、めいっぱいに開けて、またも笑いを飛ばす。

「こんだけ毎日、修練《しゅうれん》を積んでいるのに、なんで和尚には勝てんのやろうか」

ふーっ、と徳右衛門はタメ息をついて、くやしがるばかり。

碁盤の周りを囲んだ野次馬連中も顔を見合わせては、

「やっぱり今日も、和尚さんにしてやられやはったな」

「ほんまや。先に四目《よんもく》も、置かいせもろうて、二《に》、三十目《さんじゅうもく》も負けやとは、まったくハナシにならんなー、ふーっ」

と、ため息をつく。

囲碁歴四十年の庄屋の徳右衛門ですらこのありさまだから、村では誰ひとり、囲碁で和尚に勝てる者などいない。それほど和尚の碁好きと腕前は並外れていた。若いころから僧門の厳しい修行の間《ま》を見つけては碁盤にしがみつき、教典を覚えるより先に、碁の手筋を空《そら》んじていたという。好きこそ物の上手なれで境内の飛び石も、小僧の坊主頭も、なにせ丸いものが目に入《はい》ればすべて碁石に見えた。障子を見ればその桟《さん》さえもが、碁盤の黒筋に見え、朝夜の勤行も頭の中には碁盤があり、

「○□△ウニャムニャ、黒石あたり、○□△ウニャムニャ、ほれほれ、ご本尊さんは目無しじゃがな。ひゃッ、ひゃッ、ひゃ」

本堂で、悦に入って笑い声を響かせる。

そんな和尚の影響を受け、村でも囲碁が大流行。寺の本堂や庫裏は碁会所の体《てい》を成し、日なが一日、村人は腰をすえて碁にうつつを抜かす。農家の者たちは田んぼの植え付け時期をはずすわ、村にやってくる商人も商期を逃がして大損する者まででるわで、村にとっては少々体《てい》たらく。その様子に和尚は、苦笑いして、

「まぁ、囲碁はあくまで遊びと思わなあかん。本業を忘れてしまうほど打つというのは愚《おろ》か者《もん》のすることじゃ。まあまぁ、ほどほどにな」

と注意はするものの、慣《な》れとは恐ろしいもの、いつの間にやら和尚自身も碁に興じ、このごろでは寺の作事も行事も疎《おろそ》かになり、檀家《だんか》への命日《めいにち》まいりも忘れがちになるほどであった。

そんなある日のこと。

ひとりの老客が尋ねてきた。

「このお寺の噂《うわさ》を耳にしたのやが、一手、ご指南《しなん》いただきたい」

客は五個荘《ごかしょう》出身で京都で帯問屋《おびどんや》を商《あきな》っていたが、今は息子に家督《かとく》を譲って隠居《いんきょ》の身《み》、毎日を囲碁好き仲間と碁を打ちながらすごしていると告げ、

「ヘタな横好《よこず》き者やが」

と庫裏の玄関口で頭をさげる。はるばる五個荘から指南を乞いに来られたとあっては、和尚も気分が悪かろうはずがない。

「どのくらい打たれますのじゃな?」

和尚がたずねると、

「へい、ほんの少々、打ちまする」

なんとも中途半端な返事である。

和尚は首をひねった。

少々とは、「かなり打ちます」ということなのか、「少ししか打てない」ということなのか? そこで和尚は仕方なく、ひとまず老客を庫裏の奥座敷に招き入れた。そして、老客には黒石を持たせ、和尚は白石で五目半コミだしをえて、平打ちで勝負することにした。

ところが、十手ほど打ち進めて和尚は驚いた。

「なかなかやるな。認めたくはないけんど、どっこい拙僧より技量はかなり上かもしれんぞ」

　こうなると和尚の意識に余裕がなくなってきた。碁盤をにらみつけ老客の布《ふ》陣《じん》に欠陥を探りだそうと必死になった。いやに白石が小さく、ひ弱に見え、相手の黒石が強硬な城壁に見えてしかたがない。

「うーん、うん」

　と、唸りながら熟考することしばしばであった。やがて中盤に差し掛かった。相手の手はいっこうに緩まない。いつの間にやら和尚の白石が黒石に包囲されて、二つ目をつくるのに青息吐息になる。目がかすれて思考が混乱。それでも何とか持ちこたえて、やっと終盤を迎えた。状況は、コミ出しをもらっている分、和尚のほうがほんの少し優勢かもしれない。だが、一歩間違えれば、大石が討死という、きわどい局面にあった。

　その時だ。部屋のふすまがガラリと開いた。

　小僧が飛び込んできた。

「和尚さん。見知らぬ雲水《うんすい》さんが来やはって、一椀の飯を乞うてやりますが」

　と告げた。ところが今、和尚は盤面から目を離す余裕などまったくない。

「どないいたしましょう?」

小僧の言葉に、和尚は見向きもせず、

「うるさい奴じゃな。欲しいもんがあったら何でも構わぬ。持ってけッ、と、言え！」

と怒鳴りつけた。

小僧はしかたなく和尚の言葉を雲水に告げた。すると雲水は、

「これは、これはかたじけないお言葉。では、そうさせていただきましょう」

と丁寧に合掌して、錫杖の先に釣鐘堂の鐘[注2]をひっ掛けて立ち去った。後でこれに気づいた和尚は腰を抜かしたが、どうすることもできぬ。それ以降、和尚は囲碁には一切、目もくれず、仏の道にまい進した。

「あの雲水さんこそ、ご本尊さんの化身に違いないほん。和尚や村のみんなが囲碁、囲碁で遊びほうけているのを、いましめてくだはったのや」

その後、村人も碁はほどほどにして、自分の仕事に精をだし、働き者になったという。

注1・善勝寺

繖山の北に位置する曹洞宗の寺院で近江三十三所観音霊場二十番礼所。聖徳太子草創で、太子自ら刻んだ十一面観音をその叔父・良正が得て開基する。坂上田村麻呂の寺領の寄進をうけ寺を建てようとしたところ、石の下から弥勒菩薩をえて、両尊を本尊とした。創建当初は釈善寺と号した天台寺院。坂上田村麻呂はこの寺に帰依し、東征勝利にちなんで善勝寺に改められた。さらに伽藍を構えようとすると、土中から宝剣が出て、それを鎮守の下に埋めた。征夷大将軍になって四海を鎮められたのも本尊の加護であるという。もとは七十余坊の大伽藍を擁していたが、信長の兵火にかかる。再興時に天台宗から曹洞宗に改宗した。

注2・釣鐘堂の鐘

福井県武生市の大塩保八幡神社に伝わる鐘に、仁安二年（一一六七）「神崎西郡佐野郷善勝寺」とあり、のちにこの鐘は文明六年（一四七四）に近江の高島郡積庄（今津町）に移っている。

立て埋みの刑

元亀《げんき》元年（一五七〇）五月十九日の未明。

夜陰《やいん》にまぎれて山伏《やまぶし》の一団が、千草峠《ちぐさとうげ》[注1]の抜け路を足早に行く。

その数、七名。

先頭を行くのは、異形の山伏、小柄ながら鉢頭《はちあたま》に猪首《いのくび》で肩幅と尻が他の者よりも一回り大きい。太く濃い眉《まゆ》が額《ひたい》の下に軒を作り、その下の目は前方を睨みすえたまま、瞬《また》き一つしない。目玉だけを小刻みに動かして周囲の様子を窺《うかが》っている。背には細長いモノを菰《こも》に包んで担《にな》い、手にした杖先を右へ左へと差し向けて進んでいく。繁みをより分ける手並みは、ただの行者とは思えぬ巧みさ。

その山伏の名は「杉谷善住坊《すぎたにぜんじゅぼう》」[注2]。他の者から「お頭《かしら》さま」と呼ばれる甲賀衆《こうかしゅう》[注3]随一《ずいいち》の鉄砲《てっぽう》の名人であった。

善住坊一行が千草越えに足を踏み入れて、いかほどの時が過ぎたであろうか。

赤猿《あかさる》と呼ばれる手下の一人が善住坊の横に並び、

「お頭、あの大岩の陰あたりが狙《ねら》い撃《う》つのに、よろしかろうと思われますが」

と、夜陰《やいん》の向こうを指さした。

なるほど、杣道《そまみち》から十二間（約二十二メートル）ほど山の上り斜面へ入ったところに、山肌から突き出す大岩があった。背後は窪《くぼ》み、人ふたりが潜むには手ごろな障壁《しょうへき》である。しかも、周囲は人の手が余り入らぬのであろう、トチやクヌギ、大杉が我が物顔で混在している。見上げれば、それらの太い枝と葉が互いに重なり合って、日中であっても夏の陽《ひざし》を遮《さえぎ》っている。その陰に手下を潜ませれば気配は消され、狙撃《そげき》場所としては最適と判断できた。

善住坊は素早く、周囲に視線を走らせ、

「この辺りは、何処《いずこ》ぞ？」

と、赤猿に問うた。

「藤切り谷辺りかと思われまする」

「よし、この大岩を狙撃場にして、周囲に陣を張ろうぞ」

善住坊は赤猿に指示した。

「承知！」、赤猿は右手を高々と上げ、指で「二」を作り、続いて「三」を示した。「おおーッ」と吠えて、赤猿を除く手下たちは未明の夜陰に散った。すぐに、カツ、カツカツカツ、と、鉄の鉤爪《かぎつめ》が木の幹を掻く小気味良い音が響いた。そして、スーッと静寂に包まれた。手下ふたりは頭上の大木の枝葉に、他の三人は大岩の周囲に散ってシダの葉陰に潜んだ。狙撃が失敗した時の伏兵の役目を担わせていた。

その標的は、織田信長！

杉谷善住坊が、近江の守護・佐々木六角承禎[注4]に呼び出され、密命を受けたのは、一昨日のことであった。

当時、六角承禎《ろっかくしょうてい》は甲賀の地に落ち延びていた。足利義明《あしかがよしあき》を室町幕府第十五代将軍に擁立し、京都進行をもくろむ織田信長によって、その進行の障害として壊滅させられていたのである。

「昨日、浅井殿の使者が参って信長との盟約を破棄され、越前の守護・朝倉殿にお味方し、信長勢を挟撃《きょうげき》なされて敗走させたとのこと。よいか、かねての手はず通り、そちの鉄砲の腕前で、敗走中のあの憎き信長めを射殺してまいれ。くれぐれもぬかるでないぞ」

六角承禎が口にしたその戦は、後の世に言う「第一次越前朝倉攻め」である。浅井氏の離反で戦い不利と察した信長は、後詰を木下藤吉郎（後の豊臣秀吉）と明智光秀に命じ、いったん京都へ引きあげたとのことであった。

「承知つかまつり候」

善住坊は拝命し、ただちにその準備に取り掛かった。織田勢に潜む間者からの報せが矢継ぎ早に届けられる。信長が浅井長政の裏切りに激怒している様子が、手に取るようにわかる。そして今ひとつ、善住坊は新たな情報を手に入れた。

「信長は本国岐阜へ帰国し、兵力を整える手はずを組もうとしておりまする。だが、すでにその退路は、東近江・鯰江城[注5]に軍勢をいれた浅井・朝倉勢によって遮断されていて、その打開策に苦慮しておったのですが、布施籐九郎の家臣で東近江甲津畑《こうづはた》を知行地とする速水管六左衛門《はやみかんろくざえもん》の上申で、千草峠越えとは別に、新たな退路を見つけたようす。その路は、甲津畑の山中を行く千草峠越えの間道とのこと。また、信長は京都防衛を強化すると同時に、家臣に命じて断たれた退路の確保に全力を傾ける所存。岐阜への退路が確保できれば、すぐに囮《おとり》の軍勢を千草街道に向かわせ、自らは途中より、速水管六左衛門に引率させ、目立たぬようにわずかな手勢でその間道を抜ける予定とのことでござりまする」

「うむッ」

と、善住坊は唸った。それこそ信長射殺の絶好の機会。

「あいわかった。朗報なり」

善住坊は逸《はや》る気持ちをおさえ、側近の赤猿を呼び、信長暗殺の策を練った。

人影が木々の隙間をぬって、こちらに駆けてくる。善住坊の前まで来ると、ヒタッと地にひれ伏した。事前に、千草街道へ放っておいた間者であった。

「信長一行は馬を引き、少人数にてこの抜け道に入りましてございまする。信長は南蛮具足に南蛮ほろを背にしておりまする。見間違いのなきように」

うむッ、と再び、善住坊は唸った。

夜が明け始め、周囲が白んできた。

「あと半刻（一時間）もすれば標的は現れるぞ。火縄の準備をせよ」

善住坊は側に控える、赤猿に命じた。

「承知」と小さく吠え、急ぎ、腹に巻いた「胴の火」[注6]の様子と甲賀張り（甲賀仕立て）の長鉄砲の備えを確認した。その間に、善住坊は大岩と間道までの正確な距離を何度も歩測し、十二間と認めた。

そして、発射に使うのは、殺傷能力が倍増する「二つ玉」と決めていた。これは鉄砲の筒先より弾丸を二つ込めて発射させる銃術で、発射させる火薬の量を調整するのが難しく、よほどの熟達者でないとなしえぬ技であった。

「朝露に濡れて火薬は湿っておらぬか？　引き金や火蓋《ひぶた》の調子は良いか？」

善住坊の確認に、

「火種も赤々といこっております。万端《ばんたん》おこたりなく」

赤猿は答えた。

しばらくして、カン、カーン、カンカンカンと、けたたましい猿の鳴き声が、善住坊と赤猿の頭上に降ってきた。樹上に潜ませた手下からの合図である。

「よし。とりかかろう」

善住坊は鉄砲を受け取り、筒先から配合された適量の火薬を注ぎ入れ、弾丸を二つ仕込むと、突き棒で丁寧に突き固めた。そうして、弾丸が筒先から落ちるのを防ぐ丸めた薄紙を突き棒で押しいれて、二つの弾丸を固定した。赤猿が手早く、胴の火から火縄の先に火を移し、善住坊に手渡した、それを火縄挟みに固定させ、善住坊は火蓋を切り、導火用の火薬を仕込んだ。周囲に焔硝《えんしょう》の匂いが立ったが、尾根に向かって吹く風に連れ去られて、間道にはその匂いは届かぬと見た。

カシカシと鎧《よろい》ずれの音に混じって、人馬の足音が迫ってきた。

善住坊は事前に調べておいた林立する巨木のすき間に照準を合わせた。その先にあるのは間道のただ一点。そこに信長が姿を現す一瞬をとらえて引き金をひきさえすれば、事は成就するはずであった。

「来たッ!」

善住坊は胸の内で叫んだ。先頭を行くのはまさに、南蛮鎧に身を包んだ織田信長に相違ない。都合の良いことに、信長は騎乗していた。

善住坊は下腹に力を込め、腰を沈めて、岩陰から照準を定めた。間道の脇に根を張る大杉の陰から信長が姿を出した時が、狙い目だ。

そして、大杉の陰に、すーっと信長の姿が隠れ、次に出るタイミングを測って、今まさに引き金を引こうとしたその瞬間、強い山風が吹き降ろし、焔硝の匂いを間道に運び去った。

「ヤヤッ、焔硝の匂いじゃッ! 伏兵がおるぞッ」

従者の一人が、ピシッ、と、信長の馬の尻に一鞭《ひとむち》当てて急走させた。

と、善住坊の指先が意思よりも早く、反応した。

ずどーん!

山間に轟音が走った。だが、信長は一瞬、左の肩先を反らせただけで、走り去ってしまった。

「しもうたッ。はずしたか!」

善住坊は歯噛《はが》みして、悔しがった。

その後、善住坊は鯰江香竹《なまずえこうちく》を頼って高島郡堀川村（現・高島市新旭町）の阿《あ》弥陀《みだ》寺に隠棲していたが、高島郡領主の磯野員昌《いそのかずまさ》[注7]に捕らえられ、岐阜へ護送。奉行の菅谷長頼《すがやながより》・祝重正《はふり》による厳しい取調べの後、ふたたび、隠棲していた阿弥陀寺に送られて境内で「立て埋め、鋸引《のこぎりび》きの刑」に処された。

善住坊の刑の様子はわからぬが、徳川家康に背いた大賀弥四郎《おおがやしろう》[注8]の例を参考にすると、まず、咎人《とがにん》が逃亡せぬように両足の筋を切断して穴を掘り、頸板《くびいた》をはめてその穴に生けこみ、一〇本の手の指を切り落として目の前に並べ、竹製と金製の鋸を二本用意して、通行人に引かせたとされている。

注1・千草峠

東近江の永源寺から伊勢の千草に向かう峠。

注2・杉谷善住坊

織田家に滅ぼされた甲賀五十三家の一つである杉谷家の出身。また一説によると雑賀衆だったとも根来衆だったとも、賞金稼ぎの頭目だったとも、猟師《またぎ》の頭だったともいわれている。

注3・甲賀衆

現在の滋賀県甲賀市、湖南市にあって普段は農業や行商をしながら各地の情報を探る一方、指令が下ると戦場やその後方へ出向いて工作活動に励んだ。とくに手妻や薬の扱いに長けていたと言われる。甲賀は六角氏の傘下に属しながらも「惣」を形成し、郡に関わる全ての案件を多数決で決定（合議制）・運営していた。当時この制度は全国的に見てもきわめて珍しかった。

注4・佐々木六角承禎

戦国から安土桃山時代にかけての武将。東近江の守護大名・戦国大名。観音寺城主。

注5・鯰江城

城は愛知川右岸の段丘崖上に築かれ、軍事的には八風街道・高野街道を押さえる要衝にあった。元亀元年（一五七〇）、朝倉攻めを開始した織田信長が手筒山城、疋壇城を落とし、金ヶ崎城をも落とさんとした時、妹婿の浅井長政の離反によって敗れ、朽木越えで京へ逃げ帰った。その頃、信長によって観音寺城を追われた六角承禎は、鯰江城を居城とし、美濃へ帰国し軍の立て直しを図らんとする信長に対して八風街道を押さえるこの城を拠点に、信長の美濃への帰国を妨害した。

注6・胴の火

忍の者の薬理学の一種で十二時間強も燃えつづける火種で「胴の火」と呼ばれた忍器のこと。火を起こし懐に忍ばせ、冬の山野などでは寒さをしのぐカイロとしても役立った。長さが十五センチ程の銅製の筒に黒焼きにした和紙、犬蓼、ナスの茎などを詰める。筒には通気のための透かしと懐にいれても大丈夫なように蓋がついていた。

注7・磯野員昌

磯野氏は代々京極氏の家臣であったが、姉川の戦い後、佐和山城が織田方に包囲された際、さらに羽柴秀吉の「員昌に翻意あり」という流言を信じた浅井側が、佐和山城への兵糧や兵士の輸送を取りやめた。そのため、員昌は信長に降伏した。その後、員昌は信長に取り立てられ、近江高島郡を与えられるという破格の待遇を得て、越前一向一揆の鎮圧や、杉谷善住坊の捕縛などに従事した。ところが天正六年（一五七八）二月三日、員昌は信長の意思に背いて叱責されて出奔する。領地の高島郡は信長の甥・津田信澄に与えられた。一説には信澄は員昌の養子となっており、員昌に信長が信澄に家督を譲るよう迫ったが、拒まれたためともいう。員昌は信長死後、高島郡に戻り、帰農して天正十八年（一五九〇）に死去したという。

注8・大賀弥四郎

武田の手が徳川に伸びて来たころ、徳川家臣への寝返り工作が行なわれ、最初に目を付けられたのが大賀弥四郎だった。それを受けいれた弥四郎が家康の寵愛を受けて出世したため、妬むもの多く、寝返りを許せなかった家臣達が武田勝頼に、内通していると陥れた。それを真に受けた家康は怒り、弥四郎をとらえて死刑宣告した。刑場に着いた弥四郎がみたものは、妻子八人の磔にされた姿であった。そして弥四郎自身は足の腱を切断され、手の指十本もたち切られ、首から下は土中に埋められて首板をかまされて板の穴から首だけを出し、目の前には切り落とされた指が並べられた。そして竹のノコギリが脇に置かれ、見物人、通行人に首を引かせた。一思いには殺さず、なるべく長い間苦しめて殺そうという極刑だった。弥四郎は血みどろになりながら六日目になって息絶えたという。

「今日のハナシはこんで、おしまい。
あれ？　聞《き》いとったと思《おも》たら、居眠りしとる。
カゼひっきょたらあかん」
お婆は、イチローの背に、そっとネンネコを掛けた。
外は、いまだ雪。

（完）

【ご協力】
八日市図書館
湖東図書館
蒲生図書館
愛東図書館
永源寺図書館
五個荘図書館
能登川図書館
先輩諸氏他

あとがき

故郷の東近江市は昭和四十年から五十年ごろに行われた圃《ほ》場《じょう》整備工事によって昔からの伝統や人々の生活ぶりをのこす風景のほとんどが消えました。それと同時に豊かな自然や人々の生活の中から語り継がれてきた民話や伝承ばなしも今まさに風前の灯火《ともしび》です。そこで今、書き残さなければ永遠に消え去ると思いまして、十数年前から子どもの頃に祖父母から聞いた昔ばなしを思い出しながら書き始めたのが「お婆の囲炉裏ばなし」シリーズです。本巻の第五巻『とどろき狐』に引き続き、第六巻『ガオウが来るぞ』もまもなく発行する予定です。かつて東近江市にも現代では滑稽《こっけい》とも思える人魚やカッパ、鬼や天狗・竜神など、そんな不思議なモノたちが闊歩《かっぽ》していました。それは当時の人たちの見知らぬモノに抱く恐れやあこがれなど、厳しい自然環境を生き抜くための知恵でもありました。地方の時代と言われながら、その独自性を急速に失っていく現代です。この物語を手がかりに人の息づかいを宿した土地の歴史や風土を振り返っていただければ幸いです。

今回も数えきれないほど多くの先輩諸氏にご指導いただき貴重なお話を取材

させていただきました。文章指導をしてくださった鍋島安吾氏。挿絵の中村帆蓮先生、サンライズ出版のご担当者、読み合わせや、方言指導をしていただいた先輩に熱くお礼を申し上げます。

平成二十五年八月一日

とどろき狐

お婆《ばあ》の囲炉裏《いろり》ばなし　第五編　全30話

平成25年８月25日発行

著　者／平 居 一 郎　　挿　絵／中 村 帆《はん》 蓬《ほう》

発　行／株式会社アトリエ・イオス

京都市山科区北花山横田町19番地20

TEL075-591-1601　〒607-8475

URL　http://www.at-eos.co.jp/

E-mail　eos@khaki.plala.or.jp

発　売／サンライズ出版

滋賀県彦根市鳥居本町 655-1

TEL0749-22-0627　〒522-0004

印　刷／サンライズ出版

ISBN978-4-88325-514-6